La route des Crêtes

DE LA MÊME AUTRICE

La poupée qui fait oui
HarperCollins « Traversée », 2022 ;
HarperCollins Poche, 2023.

Corps de ferme
HarperCollins « Traversée », 2024 ;
Points, 2025.

Agnès de Clairville

La route des Crêtes

roman

PHÉBUS

www.editionsphebus.fr

ISBN : 978-2-7529-1428-6

« On doit aussi, dans ce cas, cacher aux amants l'amour de son mari.
Le mien n'a jamais été remplacé. Chaque jour de ma vie je le sais. »

Marguerite Duras, *Écrire*

Tes gants de conduite sont au premier plan de ce portrait que j'ai pris de toi, posé sur la console du salon. Des gants en cuir noir avec des trous pour évacuer la transpiration. Le haut de ton front est coupé par la photo, je suis la seule à voir le bandeau élastique de tes lunettes de conduite, rendues inutiles par le pare-brise du roadster, mais que tu portes par coquetterie. Le style du conducteur sportif vintage, c'est celui que tu rêves d'avoir.

C'est peut-être celui de ton grand-père anglais, chapeauté, cravaté et ganté par tous les temps, que tu cherches à reproduire. Celui du dandy de bonne famille que tu aimerais être, celui du jeune homme distingué, séparé du commun des mortels. Alliée au sport, à la vitesse, une élégance toute britannique.

Tes yeux rêveurs, visibles derrière les deux mains gantées, filent vers le ciel, cherchent à s'échapper de la photo. Qu'ils soient flous ou rêveurs, c'est toujours une fuite, n'est-ce pas ? Jamais totalement ici, jamais totalement ailleurs… Sachant que c'est moi qui tiens l'appareil photo, que peuvent vouloir dire ce flou, cette fuite, cet ailleurs ? Je ne t'ai pas posé la question. Mais, comme à chacun de tes anniversaires, sans répit, je me la pose.

I

LA FIN DU MONDE

L'échographiste énumère les organes d'une voix monocorde. À raison d'un quart d'heure par examen, je dois être sa vingt-cinquième patiente de la journée. Il soupire de lassitude, mais doit rester concentré pour mesurer les dimensions de la nuque, du crâne et du tibia de ce petit être vers lequel je concentre seule mes pensées. Je me persuade que c'est trop tôt et qu'il peut encore me quitter, comme tous ceux avant lui qui n'ont pas voulu faire leur nid.

– Je crois que je vois quelque chose... vous voulez connaître le sexe ?

Nous nous sommes accordés avec Marc-Aurèle. Il n'y a pas de pression de son côté, même s'il est l'aîné, son frère et sa sœur ont chacun un enfant, la lignée est assurée. Moi, je suis la première de ma génération. Après quatre années de mariage, le silence se fait lourd devant mes yeux perlés en fin de repas, tandis que d'autres ventres s'arrondissent chez mes amies et mes belles-sœurs. Les questions sont rares mais les regards insistants. J'ai envie de protéger cette vie naissante de l'inquisition familiale, j'ai envie que cette période ne soit qu'à nous. Ensemble, nous avons décidé de rester ignorants pour mieux contrer les questions, ne pas être sommés ou même tentés d'y répondre. Nous nous bornerons, en temps et en heure, aux informations nécessaires.

Malgré cet accord exprimé de part et d'autre, j'ai un instant de flottement, l'envie de tout savoir de ce haricot barbotant sous mon ventre plat. Je laisse planer les secondes avant de souffler, presque à contrecœur, non merci.

Dans ce cabinet de radiologie du centre-ville de Boulogne, la clientèle est composée en grande partie de pieuses mères de famille opposées à toute forme d'intervention sur le cours de la nature. Je perçois que je suis cataloguée parmi elles, aussi nettement que si le médecin l'avait mentionné sur le compte-rendu qu'il me tend.

– Tout va bien. Il faudra juste surveiller la clarté nucale à la prochaine échographie, aucune urgence. Vous avez un bébé en pleine forme.

Une onde de paix me submerge, peut-être vais-je enfin m'extraire de cette chape, de cette obsession, de ces nuits passées derrière l'écran à recenser les recettes de bonne femme pour tomber enceinte à coup sûr, la bonne position, le bon moment, les pieds au mur, tous ces modes d'emploi qui ont fait rire, soupirer puis râler Marc'O ces trois dernières années. Jusqu'à preuve du contraire, je suis heureuse. Je sors du cabinet la poitrine gonflée d'une joie que je ne peux garder pour moi. Le soleil de fin d'été apparaît en reflets aveuglants sur le trottoir mouillé par l'averse qui vient de s'arrêter.

Je sors mon téléphone, celui que Marc'O m'a passé lorsqu'il en a changé, moi qui freinais des quatre fers pour en avoir. Je contemple le petit combiné qui va nous relier dans un instant, je le bénis pour cette insistance qui va me permettre de partager avec lui ce moment unique.

La sonnerie résonne dans le vide, bascule sur le répondeur où la voix de Marc'O m'accueille, douce mais pressée, impersonnelle mais souriante, et la tonalité arrivant un peu trop vite après la dernière syllabe, comme si quelqu'un l'avait coupé à ce moment-là. Ce message en appelle un autre, j'ouvre la bouche comme si j'émergeais d'une plongée dans un autre monde, je m'apprête à prononcer un son, un mot, une phrase qui ne veut pas se former. Non, décidément je n'ai pas envie de laisser un message un jour comme aujourd'hui, j'ai envie de me souvenir plus tard d'une conversation, surtout, je veux entendre sa réaction, jouir de son étonnement, de sa joie en direct, ne pas rater ce moment où il va recevoir mes paroles et y répondre. Si seulement je pouvais également voir son visage, ses yeux se plisser, ses lèvres s'ouvrir sur ses dents joyeuses, voir sa fossette au menton se creuser, sa voix s'attendrir à l'évocation de notre premier bébé, non, je ne laisse pas de message.

Il me rappelle aussitôt. Dans cette sonnerie urgente, je sens toute la frustration d'avoir raté l'appel, la hâte d'apprendre les dernières nouvelles de cette grossesse qui le panique, qui le rend plus pessimiste que jamais. En bon médecin, il imagine le pire, pour lui c'est avant tout un examen et non une première rencontre, à laquelle il a préféré ne pas venir. Je me suis rangée à ses arguments, la peur d'une malformation, la nécessité de laisser ouvert son cabinet, je comprends qu'entre les mots il ne veut pas s'attacher à un petit être qui ne s'accrochera peut-être pas, mais c'est comme s'il ne me tenait pas la main pour passer un gué périlleux. Je ne lui en fais pas reproche. Au moment où je déclenche la conversation, je savoure à l'avance notre échange, je choisis mes mots. Notre bébé va bien, c'est un début de grossesse normal, tout ce qu'il y a de plus banal.

Son oreille ne m'entend pas, c'est un choc, une porte fermée, une claque qui me renvoie à ma condition de jeune femelle pleine d'espoir, à ma condition de nullipare d'il y a dix ans, quand j'avais eu un retard de règles et qu'il venait de commencer sa spécialisation, encore quatre ans de précarité estudiantine, et ce faible retard que je commençais doucement à ne pas considérer comme une catastrophe l'avait plongé dans un profond abattement, assis sur le sol de son studio presque vide, la tête cognant contre le mur, pas un enfant, non, pas un enfant maintenant.

Pas de décision drastique à prendre, l'embryon s'était éliminé seul dans la semaine qui avait suivi. Deux étudiants sommés de tout arrêter pour élever un enfant, pouvais-je comprendre que cela le paniquait ? Mes années d'éducation traditionnelle et la pression de ma famille pratiquante m'avaient convaincue qu'un couple ne pouvait se réaliser qu'en donnant naissance à des enfants, nombreux si possible. Lui aussi rêvait d'une grande maison remplie de rires et de portes joyeusement claquées au vent. Mais contrairement à moi, c'était un fantasme. Contrairement à moi, il avait un emprunt étudiant à rembourser et des parents modestes. Moi, cet enfant, je l'aurais accueilli, peut-être même en arrêtant mes études pour quoi ? Pour rester au foyer ?

Combien de mots réussissent à lui parvenir avant qu'il me coupe ? Juste sa voix qui m'interrompt, mais tu n'es pas au courant, tu n'as pas vu, pas entendu ce qu'il s'est passé, les avions écrasés dans Manhattan ? C'est catastrophique, des milliers de morts, Nicole n'a pas de nouvelles de sa fille là-bas, elle n'ose plus occuper la ligne, on est tous sous le choc, on regarde en boucle la télé, on rafraîchit la page web de l'AFP, on n'y croit pas. Pas de place pour un enfant, pas de place pour une bonne nouvelle, d'ailleurs qu'est-ce qu'une bonne nouvelle, est-ce une bonne nouvelle de mettre un enfant au monde ? Rentre à la maison, ne reste pas dehors, qui sait s'ils ne vont pas attaquer la France, on n'est pas si loin de la Défense, protège-toi, ma chérie, mets-toi à l'abri, je t'en prie.

La claque est la même qu'il y a dix ans. Je me suis réjouie trop vite, et toute seule.

Sur l'écran du téléviseur, je regarde la même séquence tourner en boucle. Quelle que soit la chaîne, le bandeau, la présentatrice ou le présentateur, il n'y a plus de grille de programmes, il n'y a plus d'émission hebdomadaire ou quotidienne, il n'y a plus que ça, un avion aux contours flous qui s'écrase dans une des tours du World Trade Center, puis un deuxième. Une tour qui s'effondre, puis une autre. Des silhouettes microscopiques qui se jettent dans le vide. Des corps qui s'élancent depuis les fenêtres du 89e étage. Des individus qui préfèrent être écrasés que brûlés. D'autres qui n'ont pas le temps de se poser la question. Des pompiers, des hommes cravatés, des femmes en colère, qui hurlent, tombent, raniment, prennent à partie les caméras. Il n'y a plus de commentaires, il n'y a plus de journalistes, juste des images plus ou moins nettes, toujours les mêmes, des micros tendus à des visages hagards au discours confus, des personnes qui pleurent, qui ont échappé à la mort, ou qui attendent des nouvelles d'un proche travaillant dans l'une des deux tours. Il n'y a plus que le chaos et l'angoisse, la peine et l'incrédulité, et l'écran allumé, à l'approche de la nuit, qui devient la seule source de lumière de la pièce, éclairant mon corps rétracté sur le canapé. J'ai coupé le son, dans une tentative de mise à distance, mais je n'arrive plus à juguler la nausée qui me prend. Est-ce juste le symptôme de ma grossesse débutante ou le désespoir de devoir bientôt mettre au monde un enfant dans un univers qui n'a plus de sens, qui n'a plus d'autre loi que celle de la violence ?

Marc'O rentre sans un mot, à peine pose-t-il sa veste pour venir m'enlacer, me serrer dans ses bras, et j'enfonce ma figure dans son cou, son écharpe, ses vêtements, pour m'emplir de son odeur de fin de journée, mélange de désinfectant, de cigarettes et d'ambre, qui me raccroche à la vie. Il me dit, arrête ça, saisit la télécommande et nous plonge dans le noir.

Comme chaque soir, je me couche avant lui. Comme chaque soir, surtout depuis que je suis enceinte, le sommeil m'engourdit, tel un enfant après la piscine. Comme chaque soir, il s'abrutit de télévision avant de me rejoindre. Et soudain il m'étreint, secoué de sanglots. Nous ne dormons pas.

Les jours qui suivent, les nouvelles s'assombrissent, le bilan des morts s'alourdit, les discours se font plus martiaux. Le troisième avion parmi les quatre détournés par Al-Qaïda s'est écrasé sur le Pentagone, les attentats ont pleinement atteint leur but. L'Occident terrorisé assiste à la chute du grand frère américain, qui malgré ses excès, ses erreurs et ses injustices flagrantes, est toujours perçu comme l'ultime rempart contre le Mal. Marc'O sort d'une prostration pour se jeter dans une autre, lui qui a perdu sa mère il y a peu, douze ans de lutte acharnée après un premier cancer du sein, un deuxième quelques années plus tard, et en apothéose, le foie déchiqueté, des métastases partout et une dignité à faire pâlir matrones et belles-filles.

Une heure après sa mort, j'accours auprès de Marc'O, sombre, livide, effondré dans le fauteuil à son chevet. Il tient la main tiède et gonflée de sa mère. Il s'en veut de ne pas avoir compris que ça allait être si rapide, se reproche les derniers week-ends avec notre groupe de passionnés de vieilles guimbardes. Il s'en veut d'avoir profité de la vie et de n'avoir pas su consacrer ses dernières semaines à celle qu'il ne verra plus jamais.

Les larmes n'ont pas coulé devant son père, aux petits soins pour sa femme diminuée, qu'il apostrophait d'insatisfactions permanentes. Son père, qui n'a pas eu le cœur de lui demander d'être plus présent, maintenant ne lui reproche plus rien. Officier de carrière buriné par des années aventureuses en Afrique, dans les déserts les plus arides et au contact des conflits les plus incertains, son père qu'il découvre si doux, si démuni soudain, lui fait prendre la mesure du désastre, sans un mot.

Les larmes de Marc-Aurèle coulent enfin, je m'assieds sur ses genoux pour les boire. Il s'autorise à pleurer, lui qui s'est barricadé pendant ces douze ans à chaque annonce d'un nouveau cancer, à chaque dégradation, repoussant la possibilité d'être gravement malade à 50 ans, de mourir à soixante. Rejetant l'hypothèse que sa mère suivrait sa grand-mère dans la tombe, à moins d'un an d'écart, comme dans un jeu de dominos. Refoulant l'idée qu'elle ne tiendrait jamais nos enfants sur ses genoux.

Les petits-enfants, ils ne sont que deux, bébés inconscients de l'apathie des adultes. Avec le frère de Marc'O et sa femme, nous nous retrouvons la semaine d'après, dans l'appartement de sa sœur et son mari. Leur bambin qui marche à peine, sa cousine à quatre pattes, font poindre des sourires attendris sur les visages défaits. Je n'en veux plus à mes belles-sœurs de m'avoir devancée, d'avoir eu tant de facilité et d'évidence pour enfanter, pour programmer leur bébé juste après leur mariage, lui-même couronnant un diplôme. Pour une fois, le vide de mon ventre est devenu secondaire, il n'y a plus d'espoir, il n'y a plus que cette perte, de laquelle je me sens vaguement coupable, moi la grande bourgeoise débarquée dans la classe moyenne, je n'ai rien fait pour mériter ma place tandis que les parents de Marc'O ont lutté, économisé pour offrir à leurs enfants des réussites éclatantes, un médecin, un ingénieur et une avocate.

En embrassant les paupières de Marc'O, je prononce maladroitement, ce qui se passe, c'est que tu n'as plus ta maman, choisissant un mot enfantin qui le fait redevenir le petit garçon vulnérable qu'il ne s'autorise plus à être. Marc'O, au fond de son abattement, éclate de rire, amer autant qu'amusé par ma tendre inefficacité, alors toi, tu sais trouver les mots qui réconfortent !

La bouche béante, la femme que je connaissais n'a plus de prestance. La mère de Marc'O n'avait rien d'une marâtre. Les regards se détournent, se croisent, se baissent. L'affection et la gêne se mêlent. Sa sœur et sa belle-sœur s'étreignent, baignées des mêmes larmes. Mes parents, grands bourgeois dans leurs habits trop chics, détonnent sur le reste de l'assemblée. Je me trouve coincée, faisant le grand écart entre ma mère guindée et mon beau-père au menton dignement levé. Devant l'horreur du cadavre bâillant, il prend le parti d'ignorer le corps de sa femme pour se concentrer sur les invités. Mais pour lui comme pour ses enfants, ce visage négligé par les employés des pompes funèbres est une plaie béante de plus.

L'année précédente, nous l'avions accueillie, épuisée par le crabe, défigurée par la fatigue du voyage, son henné orange ébouriffé par le vent de l'aéroport. Elle venait enterrer sa mère. Quelques jours seulement après la marée noire provoquée par le naufrage de l'Erika, le décès de sa grand-mère avait plongé Marc'O dans un pessimisme profond où je l'accompagnais avec ce que je pouvais de tendresse. Je l'avais blessé, au petit matin du nouveau siècle, en refusant son contact dans le vaste lit où il m'avait rejointe. Il avait dansé seul avec son désespoir et je m'étais imaginé je ne sais quoi. Il avait vécu ce geste ensommeillé comme un abandon.

Sa mère était si chétive, avec ses cheveux clairsemés, qu'il l'avait enlacée, lui d'habitude si peu démonstratif. Chez eux, l'amour passait par la raideur et la fierté avant toute chose. La simple accolade de son fils la désarçonna tant qu'elle faillit laisser le vent l'emporter. D'épuisement, elle tombait en poussière.

Marc'O me confia que lors du décès de son grand-père, elle s'était juste allongée sur le canapé, tournée vers le mur, gardant pour elle sa douleur incommunicable. Son père leur avait demandé de se tenir tranquille et de ne pas la déranger.

Elle voulait être enterrée avec ses parents. Une crémation est prévue pour faciliter le transport. Mon beau-père n'a pas eu le temps d'organiser une cérémonie, mais c'est le dernier adieu pour ceux qui ne peuvent faire le voyage. Le ronflement sonore du four et les éclats des flammes consument ce qu'il reste de tendresse à se retrouver et à se soutenir. Dans le silence envahi de géhenne, il ne reste plus que la douleur, les larmes et le manque débordant de celle qui était l'élément central de la famille, la tante accueillant ses neveux pour leurs études parisiennes, la belle-mère distante, puis généreuse. Le lendemain, je laisse partir Marc'O avec son père, son frère et sa sœur pour l'enterrement. Durant ces trois jours, il n'appelle pas, et je n'ose pas le déranger.

Vivre en couple sous le même toit est une expérience récente pour nous. Les rituels quotidiens de départ au travail, baiser rapide, coup de téléphone pour s'assurer qu'il ne faut pas passer à la supérette avant de rentrer, font aujourd'hui de nous un couple apparemment standard.

Notre première séparation, ce sont les classes d'officier de santé de Marc-Aurèle à Libourne. Je ne vis qu'à travers ses lettres et ses dessins. Il m'appelle son grand cou doux, travaille dur pour obtenir le choix de son poste. Je vis dans la crainte qu'il soit envoyé en support médical des troupes françaises au Koweït. Les plans fixes de l'information continue sur les incendies des puits de pétrole, la répétition par les journalistes de la même dépêche visée par le haut commandement américain, le sentiment d'assister à la naissance d'une guerre en direct nous stupéfient. Marc'O se décide pour un poste en Seine-et-Marne, à vingt minutes de mon studio.

Plusieurs fois par semaine, nous jouons au petit couple normal, hypnotisés par la télévision et ses flashs sur la guerre du Golfe. Nous nous échappons en forêt de Fontainebleau. Marc'O m'apprend à grimper sur les rochers malgré mon vertige. Je me sens protégée par son savoir, pousse des cris effrayés lorsque je tombe d'un mètre cinquante. Il rit tendrement, veille sur moi, il ne peut rien m'arriver.

Lorsqu'il décide de commencer une spécialisation de quatre ans, c'est la fin de cette fusion qui s'annonce. Quatre ans de précarité étudiante, à nouveau. Quatre ans de distance en perspective, qui me paniquent. Il me pousse à suivre moi aussi mon envie de devenir chercheuse. Je me mets en quête d'une école doctorale qui m'accepte, et je démissionne. Un stage m'attend en Picardie, nos amis poussent de hauts cris. Je vais déprimer, soumise aux pluies continues du nord de la France. Je songe que notre séparation m'est bien plus redoutable que la bruine picarde.

Nos lettres deviennent le fil rouge de notre couple. Douleur et douceur mêlées. Je lui envoie une cassette enregistrant mon trajet du matin, à vélo, longeant la brume de la rivière. Il me poste des dessins qu'il a faits de moi. Les week-ends où il vient me voir, nous sillonnons la région de mes origines. Nous découvrons le pays des cathédrales majestueuses, des champs de bataille de 14-18. Nous sommes atteints d'une boulimie de découvertes et de partage. Il dessine, je photographie, nous nous dévorons.

Invités à un dîner chez des amis d'amis de l'âge de mes parents, nous sommes le jeune couple de service. Nous éveillons la curiosité du couple le plus âgé, dont l'homme a longtemps été sur les routes. Alors comme ça, vous ne vivez pas ensemble ? Vous ne vous voyez pas tous les week-ends ? Mais c'est magnifique ! Vous tenez la clé de la longévité en amour... Nous nous regardons, amusés, et secrètement rassurés. Alors notre choix, ce choix que j'ai fini par m'approprier, n'est pas une folie ? Celui de la *bonne distance*, celui qui nous laisse respirer, qui nous épargne la routine. Mais leur voix est bien isolée. Ma famille, la société tout entière, se demande pourquoi nous ne nous engageons pas, pourquoi nous ne privilégions pas la vie commune.

Juste après notre rencontre, je sors d'une relation toxique, je n'envisage pas d'autre configuration que de vivre ensemble chaque instant qui nous est donné. Est-ce que la société me propose un autre modèle que celui du jeune couple fusionnel partageant chaque activité ? L'annonce de l'affectation de Marc'O à vingt minutes de chez moi me remplit d'excitation, je vais pouvoir l'avoir tout à moi. Nous allons vivre dans un studio, avec télévision. Car il vit avec la télévision. Cinéphile, accro aux nouvelles, il lui faut sa dose quotidienne. Tous les soirs où il est présent, la télé est allumée. En boucle, l'horizon en flammes du désert koweïtien, irakien. Les tenants et aboutissants noyés dans les nuages noirs et le crépitement des micros. Les images de CNN reprises par les chaînes françaises avec peu de commentaires, si ce n'est l'impossibilité d'accéder au champ de bataille sans être dûment encadré par l'armée américaine. Aucune information contradictoire, sinon des communiqués lapidaires et exaltés des autorités iraniennes. À part l'évidente bataille pour les champs de pétrole, nerf de notre modèle occidental, nous peinons à saisir les enjeux et détails de ce conflit. À la sidération et la passivité devant ces images quasi statiques succède un boycott silencieux et non déclaré du média télévisuel.

Après la guerre du Golfe, nous écoutons désormais la radio pour nous informer, en privilégiant les émissions d'analyse à celles d'actualités.

Quand je pars reprendre mes études en Picardie, je mets à profit mon temps sans Marc-Aurèle pour recommencer à créer. La photographie devient ma drogue dure. Mais c'est une autre histoire.

La télé, chez lui, quand il s'installe à Paris, c'est pour les films, le sport, l'humour. Ce n'est plus une source d'information. Lorsque je rentre à notre appartement, ce 11 septembre 2001, que j'allume la télévision, incrédule, je cède à une pulsion que je ne peux analyser. Comme un enfant à qui on interdit l'alcool et le tabac pour son bien, l'attrait est trop fort. Je veux voir de mes yeux. La radio ne me suffit pas. Avant de comprendre, d'écouter, il me faut toucher, comme saint Thomas. Alors même que ce que je visionne en boucle, pendant des heures, en l'attendant, ne m'apporte aucune information factuelle, juste de l'horreur et de la sidération, terreau idéal de la haine et de la simplification. Il me faudra des années pour lire au calme les analyses, les décrypter moi-même, les éclairer par l'histoire et la répétition des conflits impliquant les États-Unis et le Proche-Orient.

Pour l'instant, je suis juste des yeux, des oreilles, un corps de femme liquéfié, me persuadant que nous allons tous mourir et que nous sommes fous d'avoir conçu un enfant dans ce monde.

II

CETTE FOIS

Quand Marc'O revient de l'enterrement de sa mère, il est peu loquace. Sur les photographies du séjour martiniquais que me montre ensuite ma belle-sœur, il se tient proche de son frère et sa sœur, de ses cousins, et, comme souvent, son regard et ses lectures l'isolent, il fume à l'écart des petits. Les bambins envahissent l'album comme les bras des adultes, réveillant leur attention, les ramenant à la vie quotidienne, minute après minute, réclamant leur lait, leur bouillie, leur jouet. Quémandant des sourires qui se donnent de plus en plus volontiers. La tendresse et l'entrain peuvent coexister avec la grande douleur de savoir que leur grand-mère ne pourra pas profiter d'eux, qu'eux ne pourront pas la connaître, qu'elle n'a pas vraiment joui de la vie.

Comme chaque été, nous avons prévu quelques jours chez mes parents au bord de la mer, dans une station balnéaire à la mode. L'aller nous donne prétexte à des détours touristiques, nous visitons les rives de la Loire en écoutant des rediffusions d'*À voix nue* qui nous emmènent ailleurs tandis que les flots boueux s'étirent paresseusement sous des ponts en pierre de taille. Perdus dans un monde bien à nous, fait de contemplation de paysages envahis d'eau et de brume, l'esprit au diapason l'un de l'autre, le regard envahi par la même beauté quand nous nous arrêtons à l'abbaye de Fontevraud. Nous retardons l'arrivée sur la côte, où nous allons devoir nous plier à un rythme qui n'est pas le nôtre dans une maison acquise récemment par mes parents, bloc de béton réhabilité et transformé en grande bâtisse pratique et sans âme. Nous connaissons déjà par cœur les environs et le programme : repos, lecture, longues parties de Scrabble sans enjeu. Nous sommes allés nous enterrer dans un lieu qui ne nous ouvre aucune échappée. La luxueuse villégiature ne correspond pas à notre style de vie, l'immense plage lisse n'offre aucun obstacle à l'ennui. Marc'O se sent coupable d'être reparti si vite après l'enterrement alors que ses proches sont restés pour les vacances, les uns avec les autres. Malgré son voyage et la *bonne distance* de ces quelques jours, disparue de nos vies depuis que j'ai trouvé un travail à Paris, le désir nous prend de moins en moins. Lorsque le thermomètre m'indique une ovulation, je simule une envie que je ne suis pas sûre d'éprouver. Je sais que Marc'O perçoit l'artifice de mes caresses, son propre désir m'est-il destiné ? Est-il un sursaut face à son deuil ? Je pose mes jambes levées contre le mur après nos ébats contraints, comme mes lectures me l'ont commandé.

Marc'O ne manque pas de s'en moquer doucement. Mais son regard est ailleurs. Quelque part où notre désir vrai s'est évanoui, où notre spontanéité s'est enfuie. Je me fais l'effet d'une violeuse.

Comme tous les matins, je tâte la table de chevet à la recherche du thermomètre tandis que Marc-Aurèle murmure, laisse tomber, détends-toi, et se retourne pour replonger dans son sommeil. Certains soirs, rentrant de dîner chez des amis ou dans la famille, je fonds en larmes, tournée de mon côté, épuisée par les questions – alors vous profitez, vous prenez votre temps –, les enfants que l'on me pose sur les genoux pensant me faire plaisir, ou sur les siens, lui qui fond devant les petits. Chez des amis qui ferment la porte sur leur fils hurlant pour la sieste, il se lève précipitamment au bout de vingt minutes d'un vacarme ininterrompu, on ne peut laisser pleurer ainsi un bébé, il le rejoint pour le consoler. Mon cœur alors se serre.

Comme tous les matins, je soupire et me lève pour atteindre la salle de bains, habituée à de courts retards de règles sans signification. Je suis restée tant de fois assise pendant des minutes interminables devant le petit rectangle du bâton en plastique que je n'espère plus rien du test de grossesse sur lequel j'urine machinalement. Je le pose sur le rebord du lavabo et me rendors à moitié en attendant la migration des réactifs. Quand je rouvre les yeux, le flou du matin me fait distinguer deux traits. Je referme les paupières en comptant mentalement jusqu'à cinq, puis les rouvre encore. Les deux barres rosâtres s'affichent bien dans la petite fenêtre. J'ai tant attendu ce moment que je n'arrive même pas à me réjouir. Je laisse là le dispositif et retourne me coucher, il est tôt et nous sommes dimanche.

Marc'O ne bouge pas quand je me rallonge. Il doit s'être rendormi. J'imagine qu'il percevra mon émoi à son réveil, je reste silencieuse. Aussi me prend-il par surprise lorsqu'il se retourne vers moi, me contemple silencieusement de ses grands yeux ouverts dans la pénombre. Il voit mon sourire, entend mes mots, on va avoir un bébé, et me serre violemment. Je n'y ai pas cru, pourquoi t'es-tu recouchée comme ça, je ne pouvais pas imaginer... Nous sommes sonnés, abasourdis comme lors de l'annonce d'une belle catastrophe. Trop chanceux pour y croire, après quatre ans.

La nouvelle de la grossesse nous appartient. Je voudrais la clamer au monde entier que Marc'O m'en empêcherait. Il y a encore tellement d'aléas. Il parle d'embryon pour ne pas se laisser attendrir. Je suis nauséeuse au point qu'il me faut croquer dans un biscuit sec au réveil pour arriver à m'asseoir. Je dors dès que j'arrive à la maison, je dors à la pause déjeuner dans ma voiture au fond du parking. À partir du 11 septembre, je ne dors plus. George W. Bush a déclaré la chasse à Oussama Ben Laden. En Afghanistan, Massoud est mort. En Israël, le cessez-le-feu est rejeté. AZF explose. Ils disent que c'est un accident.

Quand Marc'O rentre, je m'hypnotise des nouvelles, il m'enlace, rit avec moi des commentaires candides de Bush Jr, me demande si je serai en état de l'accompagner lors du prochain week-end de notre club de voitures anciennes. On commande une pizza et une glace à l'américaine que l'on engloutit, comme à vingt ans, devant la télé.

Urgences ou *X-Files*, qu'importe. On tente de s'échapper un instant de la tuerie en cours. Je craque pour Doug Ross, Marc'O, pour Dana Scully.

Le week-end, la petite voiture de sport cahote sur les routes du Val de Loire. On déjeune sur une péniche, les andouillettes que je dévore habituellement me soulèvent le cœur. Marc'O glisse un mot à un copain. Je lui fais les gros yeux, c'est trop tôt. Nos parents ne sont même pas au courant. Au retour, la suspension spartiate a raison de mes forces. Je m'extrais de l'habitacle comme rouée de coups. Je m'allonge en redoutant une fausse couche. Je ne l'accompagnerai pas la prochaine fois.

On l'annonce d'abord à mes parents, mes frères et sœurs. Ma petite sœur de vingt ans crie de joie, ma mère pleure. Je suis presque plus heureuse pour eux. Ils sont soulagés. Ma mère embrasse Marc'O, qui se raidit. L'a-t-elle étreint pour la mort de sa mère ? Au retour, il se mure dans le silence. Elle a le droit d'être contente, quand même. Oui mais souviens-toi, au bord de la mer, quand mes parents étaient venus se reposer. Elle ne comprenait pas que ma mère soit fatiguée, qu'elle ne puisse pas marcher très longtemps. Elle lui en voulait. J'aimerais bien me réjouir sans arrière-pensée, me dire que c'est le cycle de la vie. Mais j'ai perdu ma mère, merde. Je me tourne vers la vitre, j'accuse le coup. Il n'a pas tort, mais il pourrait faire un effort.

Chez sa sœur, les félicitations sont chaleureuses. Mes belles-sœurs se sentaient mal de me voir attendre, retenir mes larmes quand elles-mêmes étaient comblées. Les hommes ne parlent pas. Mon beau-père se tient un peu à l'écart, comme pour se protéger de l'émotion. Se laisser aller à aimer cet embryon, c'est encore s'exposer, tout ça peut-être pour rien. Sa femme n'est morte qu'il y a trois mois, lui-même vient seulement de rentrer à Paris. Il a pris son temps, a fait le tour des cousins, est resté quelque temps chez sa belle-sœur, elle-même veuve depuis quelques années.

Marc-Aurèle et lui sont silencieux, fument à la fenêtre malgré les remontrances des belles-sœurs qui désignent les bambins. Ils se courent après autour de la table basse. Pour une fois, je jouis de leur présence sans arrière-pensées, sans boule dans la gorge. Je suis la seule à m'autoriser à être vraiment heureuse, pendant que Marc'O et son père discutent de l'actualité et des raids aériens sur l'Afghanistan.

Quand j'annonce la grossesse à mon directeur, il me félicite avec un grand sourire. Dans la foulée, il me propose de reprendre le poste de son adjoint, pour encadrer une cinquantaine de consultants. Je demande à réfléchir puis, au bout de quelques jours, j'accepte. Au moins, on ne pourra pas le taxer de sexisme.

Le week-end s'étire sur un lundi de prolongations. Cette année, on ne fait rien pour le Nouvel An. Je me déplace lourdement dans l'appartement comme si mon ventre était déjà proéminent, alors qu'on commence tout juste à distinguer, lorsque je me cambre, un léger arrondi entre mes hanches. Ce sont mes jambes qui enflent. Mes poteaux boudinés dans un collant chair, allongés sur la table basse, tandis que je pianote sur le clavier de mon ordinateur. Ma nouvelle drogue, les forums de grossesse où l'on s'échange des trucs pour éviter les nausées, les remèdes de bonne femme, les informations pour l'allaitement, ce que valent les interdictions alimentaires des médecins. Marc'O me contemple, me taquine, il évoque les jambes fines de son assistante.

Le temps est radieux. Allez, va faire un tour, tu en meurs d'envie. Il continue à m'étourdir comme un bourdon en cage, mais ça va aller, toi ? Comme si on n'avait pas l'habitude de *la bonne distance*, celle que l'on peine à retrouver depuis qu'on a emménagé dans ce rez-de-chaussée quasi neuf de Boulogne, pas Billancourt, non, on est au nord, chez les riches, on fait notre marché à Escudier, on a un digicode et même une terrasse. Les cahots de la Lotus sont trop forts pour moi, cela fait plusieurs semaines que Marc'O va seul aux sorties, avec ma bénédiction.

De toute façon il fallait que je fasse mes comptes. Avec ce temps ? Oui, j'ai trop de retard. Je récapitule chaque mois mes dépenses, pointe chaque ticket de carte bleue, vérifie si mes notes de frais sont correctes. Comme l'a toujours fait mon père. Marc'O a un comptable pour le cabinet. Et un carnet pour lui, un peu brouillon, pas très à jour.

Soudain, le voilà habillé chaudement, le col de son blouson relevé, ses gants en cuir déjà enfilés. Alors, tu m'abandonnes ? Il me répond tendrement par un baiser mimé que je ne m'inquiète pas. Il revient dans deux heures.

J'ouvre mon secrétaire et m'attelle à la tâche. Le jour décline lentement. Quatre heures, et déjà c'est le soir. Je suis obligée d'allumer le plafonnier lugubre.

On frappe. Je piétine devant la porte, j'hésite, qui ça peut être ? Une voix de femme, une personne de la mairie. Qu'est-ce qu'elle fait là, on est le 31, tout doit être fermé, c'est à quel sujet ? C'est au sujet de votre mari, vous pouvez m'ouvrir ? Quoi, mon mari, il n'est pas là, mon mari. Oui, je sais. Comment ça, elle sait ? Il a eu un accident, vous pouvez m'ouvrir ? Je suis avec la police.

J'ouvre, je laisse passer la femme et l'officier de police, sans comprendre ce qu'ils font là. Je vous dis que mon mari n'est pas là. Comment savez-vous qu'on habite ici ? C'est bien vous qui avez fait une demande de place en crèche ? Elle regarde mon ventre qui pointe, mes jambes enflées. Oui, c'est lui qui s'en est occupé. Il y a une personne de votre famille qui peut venir maintenant ?

Je lui donne le numéro de ma mère, elle s'isole dans la cuisine pour l'appeler. L'officier me propose de m'asseoir dans le salon. Il dit, je suis désolé, votre mari a eu un accident. Un accident, mais il est très prudent, ce n'est pas possible. Et puis je suis enceinte.

Oui, on sait. C'est pour ça qu'on est ici.

Ils restent jusqu'à ce que mes parents arrivent. Ils sont venus avec leur repas de réveillon. Ils n'avaient pas non plus prévu de sortir. Une fois qu'ils sont arrivés, la personne de la mairie et l'officier de police disent, c'est très grave. Et puis, ils repartent. Je veux le voir, mais on ne peut pas pour l'instant.

Maman me dit qu'il est mort.

On ne peut pas voir le corps pour l'instant. Je reste assise sur le canapé qu'on a chiné aux puces l'an dernier, à ressasser cette impossibilité. Le canapé club dont il rêvait depuis des lustres. Je passe ma main sur le cuir abîmé.

Ce n'est pas possible. Il a trente-cinq ans. On attend un bébé. Un enfant à nous. Si je ne vois pas son corps, je n'y croirai pas. Je ne pleure pas, simplement, ce n'est pas possible qu'il meure, je pense *il m'abandonne*, là. Je suis incapable d'une action, mes relevés de compte sont étalés sur le secrétaire, maman réchauffe le repas qu'ils ont apporté. On dîne rapidement à la cuisine, je picore, je regarde droit devant moi, les yeux secs.

Ma belle-sœur, mon beau-frère sont en vacances ensemble chez les cousins. Mon beau-père avec eux. Ils doivent réveillonner ensemble. Je les laisse tranquilles pour le moment. De toute façon je ne suis pas sûre de ce que je dois leur dire, puisque ce n'est pas réel.

On va se coucher tôt. Mes parents dans le canapé club converti en lit, le sommier d'époque grinçant et trop mou. Maman va avoir mal au dos. Je me couche à la place de Marc'O, le nez sur l'oreiller qui porte son odeur. Il va revenir, ça ne se peut pas. Je me tourne, me retourne. Je ne dors pas. Je me relève pour aller boire un verre d'eau à la cuisine. Maman m'entend et m'y rejoint. À mots couverts, elle me fait part de son inquiétude. Je comprends qu'elle me croit au bord du suicide. Quelque chose me fait lui répondre que je tiens trop à la vie. Je crois que c'est vrai. Je tiens trop à cette vie qu'il m'a donnée, cette vie en moi. Je vais vivre pour cet enfant que j'imagine avec les traits de bébé joufflu et bouclé de Marc'O, comme sur l'album autocollant de ses parents.

Le jour se lève, l'année 2002 commence par un petit matin laiteux. Je demande à voir le corps de Marc'O. L'idée de sa mort à trente-cinq ans me résiste, on n'a pas le droit d'enlever comme ça un mari à sa femme, un père à son enfant pas encore né, je ne me l'exprime pas comme ça, mais une boule sourde dans ma poitrine s'oppose fermement à cette idée.

Ce n'est pas possible *à cause de l'autopsie*. Après un accident il y a forcément une autopsie, le corps est à l'hôpital de Garches, impossible de le voir avant l'autopsie, et de toute façon il est *trop abîmé*. Les mots glissent sur moi sans pénétrer. Je ne veux pas les entendre. On est le 1er janvier, rien de possible aujourd'hui. Pas même la matérialité d'un corps mort.

J'attends une heure décente pour appeler ma belle-sœur. Elle décroche, ma voix s'enraye, je lui dis juste, c'est Marc'O, et puis j'ai un blanc, je tends le téléphone à maman. Les sanglots montent enfin dans ma gorge.

Puisqu'il faut l'annoncer, alors c'est vrai. Il est mort.

Après deux jours de démarches administratives avec leur aide, je ne veux plus avoir mes parents chez moi, à surveiller gentiment si je me nourris suffisamment, si je ne pleure pas, si je ne me trompe pas dans les informations à donner. Je suis retournée à l'état d'enfant, d'ado rebelle, je suis le vase sacré portant l'avenir, il faut me maîtriser, ne pas me laisser livrée à moi-même. Je les rassure mollement, promets d'appeler Diane pour qu'elle vienne passer les nuits chez moi. Le même soir, elle arrive avec un petit sac de victuailles, alors même qu'elle sort de cours et que j'aurais eu dix fois le temps de faire quelques emplettes. Je suis handicapée, de quoi exactement, mystère, mais je ne peux visiblement plus faire les gestes du quotidien, qui peut-être m'auraient fait du bien. Les fruits, les légumes, la viande, le plein de vitamines, la bonne humeur volontariste, la marque de fabrique de nos animateurs d'aumônerie, de nos chefs scouts. Avec cet entrain, elle m'embarque en cuisine pour l'aider à confectionner un repas. Elle est rassurée, oui, j'ai bon appétit, mon corps me tient toujours par l'estomac, manger, se remplir de bonne chère, de gâteaux fondants, un appétit de vivre qui ne me quittera pas.

Après le repas, nous nous installons devant un film pour me changer les idées, pas question d'actualités, de suivre la montée de l'angoisse de la guerre au Proche-Orient, de la course à l'armement de George W. Bush. Par réflexe, je pose la télécommande sur mon ventre. C'était notre jeu avec Marc'O les derniers jours, alors que les mouvements sous-marins se faisaient plus perceptibles. Le bébé comprend le jeu, il envoie un coup de pied qui fait osciller le boîtier. Que perçoit-il de tout cela ? Comment n'est-il pas impacté par la boule dans ma gorge, la suspension de tout dans l'attente de toucher, voir le corps de Marc'O, pour être sûre ? Le film passe devant mes yeux comme si je regardais un écran vide, je ne me souviens de rien, pas même du titre ou d'un nom d'actrice. Je suis épuisée par ces derniers jours à faire la navette entre l'hôtel de ville pour le certificat de décès, le commissariat de police qui attend le rapport d'autopsie de l'hôpital, les pompes funèbres qui ne peuvent rien engager sans le permis d'inhumer, l'assureur de la voiture qui veut absolument me voir. Je veux aller dormir. Diane me propose de se coucher à mes côtés dans le grand lit et j'accepte. Les heures passent, je me tourne et me retourne tant bien que mal, mon ventre à la forme changeante commence à me gêner. On dirait que le bébé essaie de m'empêcher de sombrer à coups de pied.

Finalement je me blottis contre l'épaule de Diane, les pleurs arrivent par surprise, mes phrases hoquetées entre mes larmes, alors on était trop heureux, c'est ça ? Comme si Diane, ma sœur si pratiquante, était la représentante de Dieu sur terre, c'est à elle que je demande des comptes, c'est à ma benjamine de dix ans que je demande de me réconforter, entourée par sa chaleur, par son silence, par ses chut, ses caresses sur ma tête en feu. C'est avec elle, dans ses bras, que mon vernis craque, que ma douleur se répand.

Comme dans un brouillard, les amis qui défilent le lendemain, qui serrent mon corps, que j'ai parfois envie de consoler tant ils avancent brisés, tant ils me broient entre leurs bras, secoués par des sanglots. Moi, atone, je m'occupe avec Diane de veiller à ce qu'on ait des cacahuètes, des chips, quelque chose à boire, et quand je m'assieds un instant au milieu de l'appartement rempli, je ne trouve rien à dire, cela fait comme une gêne, une interruption dans les conversations qui meublent comme elles peuvent entre amis proches et lointains qui parfois ne se connaissent pas. Hop hop hop, Diane arrive là-dedans, enlace une cousine, claque la bise à un copain, remplit les verres, délie les langues tandis que je remporte des coupelles à la cuisine pour faire quelque chose. Le plus souvent on m'interdit de me lever, j'avais oublié que j'étais inapte avec mon ventre qui commence juste à pointer.

Je dois attendre encore. Il reste une chance que tout cela ne soit qu'un cauchemar. Je n'ai pas vu le corps, je ne me suis pas assurée de la mort de Marc'O que l'on tient pour sûre et confirmée. L'officier de police m'a convoquée, a eu un geste de surprise en découvrant mon ventre, aussi petit soit-il, m'a fait asseoir en cherchant un juste milieu entre sa pitié et la rigidité de l'institution. Il m'interroge sur les habitudes de mon mari, est-ce qu'il buvait, se droguait, conduisait vite ?

Lorsque nous nous rencontrons, comme beaucoup d'étudiants en médecine, Marc'O est enrôlé dans un essai clinique afin de gagner quelques subsides. Les effets croisés du médicament et de l'alcool sont testés en conditions réelles, au volant d'une voiture dont le pare-brise est entouré d'une sorte de guirlande lumineuse. Lorsqu'une ampoule s'allume, fût-ce à la périphérie de son champ de vision, il doit freiner. Et ce après l'ingestion d'un demi-verre de mauvais whisky à huit heures du matin. Ne tenant absolument pas l'alcool, il fausse les résultats et est exclu du dispositif.

Non, Marc-Aurèle ne boit pas. Je dis qu'il ne fume que du tabac, mais je sais que son assistante a déjà partagé des joints avec lui. Lui dont l'adolescence a été si sobre... Il a une conduite sûre, bien qu'un peu rapide. Je pense à cette fois où il me demande de jeter un coup d'œil à droite d'un camion qui nous bouche la vue sur une petite route de Dordogne. Sur mon indication erronée, il se lance dans un dépassement et évite de justesse une voiture dans l'autre sens. Ses réflexes sont ceux d'un conducteur sportif. Alors, un accident à 50-60 km/h sur les quais, je n'y crois pas.

Quelques jours après, je reçois le rapport de police et d'autopsie. Je devrais le transmettre au parquet sans le consulter. D'ailleurs, il n'aurait pas dû transiter par moi. D'où vient la faille qui fait envoyer à la veuve, au lieu du procureur, le document décrivant les multiples détails de l'accident ?

Je cède à la curiosité, j'ouvre l'enveloppe, je compulse les pages comme si elles allaient me rassurer, je lis le détail des plaies, *l'homme d'une trentaine d'années est probablement mort sur le coup d'une blessure profonde à la tête causée par le choc avec le bord supérieur du pare-brise de son roadster sportif de marque Lotus.* La trajectoire du véhicule vers le platane reste inexpliquée. A-t-il voulu éviter un autre véhicule, une plaque de verglas ? Un témoin arrivé peu après assure avoir croisé un autre véhicule qui ne s'est pas arrêté. Donc il y a bien un témoin qui a vu l'accident, ou la Lotus accidentée, et qui ne s'est pas arrêté. Un témoin qui ne s'est pas signalé malgré l'appel de la police. J'en pleure de rage, je voudrais déchirer ce putain de rapport d'expertise.

Quand j'appelle l'un des copains du club de voitures anciennes, il me dit, je sais. Je suis passé sur les quais ce jour-là, les flics et les pompiers étaient là. Marc'O ne pouvait être que mort. Je suis rentré et j'ai attendu que tu me téléphones.

Je glisse les feuilles dans le dossier, je refais une enveloppe pour le parquet. Je la dépose gentiment à la poste comme n'importe quel courrier. Je ne garde pas de copie.

Je vais pouvoir voir ton corps, maintenant que je sais dans quel état le médecin légiste l'a trouvé. Blessure profonde à la tête. Pas de trace de stupéfiant. Je dois m'attendre à trouver ton crâne très déformé. Mes parents me mettent en garde. Ils entrent avec moi dans la morgue. Ton corps est là, habillé avec ta chemise préférée, ton gilet, ton foulard. Élégant comme tu aimais l'être, dans le cercueil simple que je t'ai choisi, à rebours des conseils baroques de l'employé des pompes funèbres. Ta peau est jaune, ta bouche porte un rictus de tension. Je t'imagine avec ce rictus essayer de redresser le volant, d'éviter le platane. Un rictus de concentration et de déplaisir. Maman me souffle que tu devais être bien malheureux de nous quitter avec le bébé. Je lui demande de me laisser seule avec toi.

À la limite du front soucieux et des cheveux, il subsiste une trace de sang le long du cuir chevelu, je passe doucement la main sur ton crâne et je ne rencontre rien. Je retire vivement la main, comme si je m'étais brûlée. C'est toi et ce n'est pas toi. Malgré le sillon sur ton front, qui te complexait. Ce n'est pas vraiment toi.

Mon premier cadavre, c'était ta grand-mère il y a deux ans, en Martinique. Digne et belle sur son lit d'hôpital, quelques jours après que tu m'avais présentée à elle et qu'elle m'avait souri. J'avais pleuré tandis que tu m'avais étreinte en souriant de ma soudaine faiblesse, ta longue habitude des macchabées de l'école de médecine t'avait vacciné contre cette émotion.

Avant de reculer, je pose un baiser rapide sur ton front cireux. Je glisse dans ta poche une photo de ta mère et une autre de l'échographie, une image de notre bébé.

Je m'aperçois soudain que la plaque posée à terre devant le cercueil ne porte que la moitié de ton prénom : Marc. Colère, larmes, je signale l'erreur au préposé, te considérant humilié par l'oubli, toi qui ne supportais pas que l'on abrège ainsi ton prénom composé qui roulait comme un torrent sur des pierres, et que j'aimais pour cela.

Quand ton père entre à son tour, il s'arrête devant le corps pour prononcer : à qui le tour ? Après son beau-frère, sa belle-mère, sa femme et son fils, qui continuera la série noire des cinq dernières années ? Je lui prends la main, tentant vainement d'étancher une révolte qui vient peut-être de bien plus loin, des horreurs vues et commises en Algérie ou au Cameroun. Il esquisse une caresse sur les cheveux de son fils, dans ce geste simple et discret je vois toute l'affection pour son aîné avec lequel il n'a pas toujours été tendre.

III

LA CÉRÉMONIE

Le chœur de famille

Vous qui entrez dans ce temple
Contemplez ces voûtes, ces vitraux
Patinés par les âges
Combien de mariages
Combien de communions
Combien de baptêmes et d'adieux
Quels malheurs, quels bonheurs
Se sont joués ici
Toute honte bue
Tous les sacrifices
Tous les serments
Tous les sacrements
Ont déjà été donnés
Écoutez l'épreuve
Le malheur, le bonheur
De notre famille
Nous tous ensemble
Prions.

Mon beau-père l'a martelé, il est hors de question d'apercevoir une seule voiture ancienne, une seule allusion à la Lotus dans laquelle Marc'O est mort, à laquelle il attribue une certaine responsabilité. Il y associe tous ceux qui l'entouraient dans cette passion. La voiture, personne ne m'a permis de la voir après l'accident. Mon père s'en est chargé, j'ai compris à son visage qu'il était soulagé que je ne l'ai pas aperçue. C'est mon premier souci quand j'arrive la dernière en compagnie de ma mère, de vérifier si le parvis de la petite église est bien épargné de la moindre trace de roue à rayons, de carrosserie lustrée, de calandre vintage. Le monospace gris me dépose au coin de la placette, quelques silhouettes d'invités entrent encore dans l'église. Maman veut m'éviter d'être accaparée avant même les obsèques. Les *obsèques*, comme obséquieux, révérencieux, on en aurait plaisanté avec Marc'O. Son corps, où est-il ? Son cercueil massif, que j'ai choisi dans un état second, oui le chêne c'est bien, non pas de dorure, une simple croix ira. Il dépasse du break noir empli de fleurs. Qui s'est occupé de tout cela, je l'ignore, sans doute mes parents. Je me suis laissé porter, j'ai signé des papiers à la mairie de Boulogne, aux pompes funèbres, je ne savais même pas où enterrer mon mari. *Feu mon mari.* Ce dont j'étais sûre, c'est que je ne voulais pas du trou béant et ronflant de l'incinérateur. Alors va pour la concession que papa et maman ont achetée pour eux dans leur petite ville de banlieue verte et chic, presque la province. L'impression de le voler à sa famille, ainsi. Me disant, c'est provisoire.

Je me suis retrouvée chez mes parents avec ma veste en cuir usée par les sorties en roadster, cheveux au vent, c'était nous, notre vie sur les routes, photographier, découvrir, vibrer en écoutant la même émission pendant des heures. Mais ce n'était pas assez chic pour l'enterrement, et puis, janvier mordant s'est imposé, maman m'a prêté son manteau de fourrure suspendu à la cave. Un manteau de fourrure, vraiment ! J'étais trop faible pour m'opposer, j'ai enfilé la pelisse et j'ai enveloppé mon ventre en secouant la tête, désolée Marc'O, je ne voulais pas ressembler à une matrone de Jacques Faizant pour te dire au revoir. C'est en fourrure que j'échappe au bras de ma mère pour tenir entre mes mains ton cercueil, déposer un dernier baiser sur le chêne lisse, pendant que la nervosité des croque-morts me montre que là, il faut y aller. Un dernier baiser comme celui d'hier sur ton front, recousu à la limite des cheveux, la peau tirée pour ne pas montrer ton crâne enfoncé par la barre du pare-brise. La peau froide, lisse, ferme, les paupières collées, la bouche close avec ce rictus qui ne te ressemble pas et qui me reste derrière les paupières.

J'entre dans l'église au bras de ma mère, comme si j'étais une enfant risquant de trébucher ou de s'enfuir. Debout derrière les derniers bancs, les jeunes pères font patienter leur bébé, leur bambin. Comme Marc'O ne le fera jamais. À chaque rang, des visages amis, graves et affectueux, tentent de ne pas afficher de pitié. Mes cousines sont venues des quatre coins de la France. De l'autre côté de l'allée, mon beau-père se tient digne, à côté de sa fille aux cils mouillés, de son fils hébété. C'est moi que la pitié étreint à ce moment, comment est-il permis de retirer à cette famille une mère puis son fils en si peu de temps ? Je m'avance vers ma place, pas celle au bord, là encore ma mère fait barrage, mais juste à côté, non loin des tréteaux qui vont porter le cercueil. Je me maintiens dans un état de flottement, pourtant je n'ai pris aucune drogue, aucun médicament, peut-être est-ce le manque de sommeil additionné à l'immense colère qui m'a portée ces derniers jours.

Soudain l'orgue s'ébranle, alors que les hommes en noir portent le cercueil et le déposent. La voix du prêtre accueille le coffre qui enserre le corps de Marc'O, invite son frère et sa sœur à y déposer des bougies. Jim a une hésitation, un affolement, qu'attend-on de lui, qu'on ne lui demande rien, il ne veut pas parler. Belle le prend par la main, lui donne un lumignon, le pousse doucement. Je regarde mes chaussures loin d'être cirées, ça énervait Marc'O, lui qui était si à cheval sur le brillant, le tombé, le repassage.

Je n'ai pas été capable de parler, même pas capable d'annoncer à Belle, ton frère est mort. Par ma faute, moi qui lui ai donné la permission d'aller faire un tour seul un soir de Saint-Sylvestre, en ce radieux dernier jour de décembre, il y a une semaine. Moi qui ai participé à l'achat de cette voiture. Incapable d'articuler deux mots alors que Belle était en vacances à des milliers de kilomètres, espérant des vœux de bonne année, des nouvelles de cette grossesse qui nous avait tous réjouis. Comme je suis incapable de la regarder en face, incapable de lui confier quoi que ce soit, comme je la sens si réticente à me confier ses ébranlements, ses doutes. Le sourire tente de contredire les larmes qui baignent ses cils, et qu'elle maîtrise bien vite. Par son calme, sa douceur, elle tient droits son père et son frère, sans faillir, elle repousse les échéances qui les fragiliseront encore, elle fait barrage. À quoi cela tient, d'être proche ou pas, finalement ? Est-ce qu'une jalousie secrète a pu se glisser dans notre possible amitié ? Est-ce que sa beauté distante, que j'ai moi aussi photographiée, l'adoration de son grand frère, nous a rendues rivales ? Elle pour qui la féminité est une évidence, un prérequis, une injonction familiale ? Aujourd'hui comme hier et sans doute demain, je ne trouve pas le moyen de lui parler, de la regarder cœur à cœur, à jamais séparées par quelque chose qui m'échappe. Et maintenant que tu n'es plus là, je me sens mauvaise, intrinsèquement méchante de n'en être pas capable. Mon regard glisse sur Belle, n'en pouvant plus de ce sentiment d'insuffisance.

Il se pose sur Jim, hésitant et pâle, consultant sa sœur sur l'endroit exact où poser son lumignon, s'appliquant comme un enfant de chœur débutant. Comme elle, il a une beauté évidente – il connaît son effet sur les femmes –, qui luit faiblement comme la flamme de la bougie sur le cercueil, qui ne disparaît jamais tout à fait malgré les *circonstances.*

Jim, c'était le batteur adulé de sa promotion lors des concerts étudiants. Jim concentré sur ses baguettes, les lèvres serrées avec la pulpe à l'intérieur, n'ayant pas un regard pour le cercle de filles aimantées par ses mouvements. Et moi au milieu des autres, criant de joie et d'adulation pour le seul musicien capable d'une telle séduction. Il avait entendu mon cri, peut-être plus aigu que les autres, et m'avait brièvement souri, ses longs cils se baissant ensuite pour cacher sa gêne et ne pas ralentir son rythme.

Le lendemain, il avait trouvé dans sa boîte aux lettres une déclaration mêlant les roulements de tambour à des vers saccadés, énervés, enivrés. Je n'attendais pas de réponse, sachant pertinemment que Jim n'était pas pour moi. Les *circonstances* m'avaient fait le rencontrer en premier, m'enflammer aussitôt pour son aisance et sa joie communicative, sans savoir que Marc'O l'avait précédé sur terre. De cet épisode reste entre nous une distance indicible aussi bien qu'une connivence de surface. Jim, c'est une amitié impossible.

Juste après que Belle et Jim sont retournés à leur place, le prêtre évoque la musique qui est langage universel, cette musique à laquelle Marc-Aurèle consacrait une telle part de son énergie et de ses pensées. Jim reprend contenance à ses paroles, je vois son corps tendu se calmer, j'imagine confusément celui de Marc'O se défaire de sa rigidité glacée, aux côtés de son frère. Je m'appuie sur le dossier, et j'écoute le prêtre. J'accepte enfin, je n'ai plus honte de cette lettre à Jim qui faisait sourire Marc'O tout en entretenant une pointe de jalousie, de ce feu de paille qui m'avait fait pressentir une nature, un enthousiasme, une créativité qui s'incarnait de manière si différente chez chacun des deux frères. Comment avais-je pu être attirée d'abord vers Jim, si solaire, quand c'était chez toi que j'avais trouvé une profondeur et un goût pour la solitude qui répondait au mien ? Je comprends maintenant que malgré les apparences vous êtes deux faces de la même pièce, forgées par la même éducation, que vous vous êtes évadés par les mêmes moyens du même carcan. Jim, qui de colère a détruit une porte en apprenant la mort de son aîné, son modèle. Je le sais maintenant, Jim est le survivant de sa moitié comme je le suis aussi. Et si mes larmes ne coulent pas, je les sens creuser une galerie souterraine entre mon cœur et mes entrailles, car nous avons perdu une partie de nous-mêmes, mais lui peut-être plus que moi. Et mes larmes, stalactites intérieures, sont d'abord pour Jim.

Les paroles du prêtre se sont doucement éteintes, la vapeur a cessé de monter de ses lèvres. Une longue silhouette dégingandée remonte l'allée pour se dresser derrière le pupitre, balaye l'assemblée de ses yeux gris, avant de les poser brièvement sur moi, de m'effleurer, de se concentrer sur son texte. Une lecture que j'ai sans doute choisie lors de l'entrevue avec le prêtre, mais mon esprit n'y est pas. Mon ventre est là, enserré dans ce manteau de fourrure à la raideur de cadavre, le bébé se tient coi, renfermé comme je le suis, blotti en carapace, ailleurs sans doute, comme moi.

Dans cette église où Nils vient pour la deuxième fois après avoir témoigné à notre mariage, sa présence cravatée garantit les bonnes fréquentations de mon mari. Est-elle une confirmation, lui et moi adoubant Marc'O comme appartenant bien à cette société dans laquelle il est un transfuge ? Suis-je comme Nils un remède au complexe de Marc'O, dont le professeur se moquait parfois gentiment, faisant remarquer qu'il ne sortait qu'avec des bourgeoises, blondes de préférence ? Nils achève sa lecture et relève enfin ses yeux sur moi, comme pour quêter mon approbation. Le croisement muet de nos regards dure quelques secondes, juste le temps pour moi de réaliser que sa peine est aussi celle de Jim, que cette peine est aussi la mienne, que notre consolation ne viendra d'aucun mot. Et je me résous à le laisser repartir à sa place comme j'ai dû me résoudre à quitter la chambre mortuaire la veille, contre ma volonté, je ne vais pas interrompre cette cérémonie pour me lever, aller étreindre Nils et lui chuchoter que tu étais à lui autant qu'il était à moi, mais j'espère simplement qu'il le comprend, tandis qu'il s'en retourne et que je me renferme sur mon banc, dans ce manteau aux poils raides, sans bouger.

Sous la petite voûte à peine gothique, le prêtre qui nous a mariés ici même il y a quatre ans se souvient à voix haute. Il se remémore la passion que nous mettons à choisir les textes avec lui, le sens de l'évangile de saint Jean, l'ampleur du mot Amour qui excède de beaucoup ce que deux amants peuvent y mettre, l'*Agapé* qui doit englober le monde, accueillir la souffrance. Quel programme, quelle ambition. Quelle naïveté. Mais quelle beauté que notre propre naïveté continue à nous porter vers les autres malgré nos petites trahisons. Ce mariage, c'est une victoire de l'espérance contre la lassitude, contre la colère, contre la tentation réciproque de renoncer à supporter la mauvaise foi de l'une, les tentatives de fuite de l'autre.

La veille du jour où nous devons confirmer l'impression des faire-part et des invitations, nous manquons de tout abandonner. Marc'O, debout, prêt à partir à son cabinet comme tous les samedis, tiraillé entre cette routine qu'il voit poindre avec les traites, l'URSSAF, sa secrétaire maternelle, son assistante soignée ; il ne veut pas finir comme tous ces médecins aux tempes grises qui séduisent leur collaboratrice par ennui. Nous ne nous touchons plus, malgré *la bonne distance* et les semaines loin l'un de l'autre, peut-être à cause de la préparation au mariage catholique que nous avons décidé de suivre par croyance profonde malgré une pratique tiède, et qui nous propose de nous tenir chastes quelque temps, pour y voir clair dans notre amour et notre désir. Elle a bon dos la préparation au mariage, je sens qu'il y a autre chose. Ce matin-là, le visage défait, peut-être refroidi par le coût de la cérémonie imaginée par mes parents, par le budget modeste des siens, peut-être par un mélange indiscernable de tous ces éléments, Marc'O souffle, je ne sais plus, avant de me laisser seule au lit, à ma grasse matinée avortée et à mon carnet de cérémonie généreusement fourni par Le Bon Marché où nous avons déposé la liste de mariage – que nous prononçons *liste de mariânge* par dérision. Car finalement, n'est-ce pas plus mon mariage que le sien ?

Le chœur de famille

Chut, chut
La lumière traverse le vitrail du fond
Se pose sur l'hostie
Aussitôt réduite en morceaux
Par les mains tavelées du prêtre
Quel malheur, quel malheur

Maman me dit de ne pas bouger. De rester assise là, engoncée dans son manteau, à attendre qu'ils prennent tous l'allée centrale, qu'ils fassent la queue pour bénir le cercueil de Marc'O, me jeter un regard éperdu, et regagner leur place.

Quel malheur, quelle épreuve
Quel bonheur dans son malheur
Cette promesse dissimulée
Son secours, notre bébé
Quel bonheur, quel bonheur
Chut, chut

À cet endroit sur lequel mon regard hébété reste posé, le prêtre rejoignait, il y a seulement quatre ans, les deux amis, le même Nils que celui qui vient de quitter le pupitre et de caresser le bois de chêne. Les deux amis tournés vers moi, en contre-jour, qui remontais l'allée avec papa, passais devant les mêmes visages, coiffés de chapeaux papillonnants de couleurs comme les sourires radieux dans l'église fleurie. Les mêmes visages qui me sourient, désolés, auxquels je réponds malgré moi. Désolés de ne pas avoir pu éviter cela. Ce même sourire qui m'avait fait terminer la journée avec une douleur aux pommettes.

Désolés
Désolés de ne pouvoir faire plus
Que de t'entourer
Quel malheur, quel malheur
Toute honte bue
Les loubards s'intercalent
Le goupillon à l'envers
Aspergent le cercueil
Chut, chut
Restons dignes
Reste digne de ta famille
Baisse les yeux
Chut, chut
Couve ton bonheur
Quel malheur, quel bonheur

C'est Nils qui apporte les alliances, après avoir fait mine de les égarer. Il rassure ma famille avec ses cheveux blonds coiffés bien court. On n'ose pas s'embrasser devant tout le monde, même Nils rougit en détournant le regard.

Quelle épreuve, quel malheur
Heureusement le témoin veille
Le seul en costume parmi leurs amis
Elle pourra compter sur lui
Et surtout sur nous
Tous ensemble,
Prions
Chut, chut

Il va falloir sortir. Je voudrais qu'ils partent tous, qu'ils me laissent tranquille, seule avec les croque-morts et toi, seule pour suivre le corbillard, ce morceau de Pat Metheny dans les tempes, *Are you going with me?* Cette douceur soudaine dans l'église qui saisit Jim et même Nils, cette caresse relâche la ceinture de plomb qui me ceint le ventre, cette tendresse pourrait presque me faire croire que tu seras toujours avec moi, comme lorsque ton regard triste et étonné s'était posé sur moi, ce soir de concert en décembre, il y a douze ans.

Je veux bien que Nils et Jim m'accompagnent.

Tous ensemble nous l'entourons
Nous l'accompagnons
Faisant écran contre le malheur

Contre ces blousons de malheur
Les garagistes, les quoi encore
Mais d'où sortent-ils
On ne va pas les laisser quand même
Chut, chut
« La procession jusqu'au cimetière
Sera réservée à la famille proche »
Nous la protégerons
Tous ensemble
Ainsi soit-il.

Maman écarte de mon chemin mes amis et ceux de Marc'O, qui tentent un signe, un petit mot. Il ne faut pas compter sur une embrassade qui pourrait me réconforter en risquant de faire déborder des larmes invisibles. M'en voudront-ils de cette raideur, engoncée avec moi dans le manteau de fourrure, de mes yeux baissés, désolée pour leurs yeux embués, pour la culpabilité creusant leurs joues ? Qui lui a vendu sa voiture, qui la lui a entretenue, qui a partagé son virus lors de toutes nos sorties sur les petites routes de campagne, qui l'a renforcé dans son idée qu'il était beau, jeune, doué, immortel, et que la vitesse est à la jeunesse masculine ce que la guerre était auparavant, le risque de la belle mort ? Celle qui laisse aux proches une image idéale, immaculée, incontestable. Un héros à jamais, voilà ce qu'il est devenu immédiatement à nos yeux. Nous nous en voulons tous d'avoir joué ce jeu, de le jouer encore, et nous ne pouvons pas nous en empêcher.

Le convoi s'ébranle enfin, papa et Diane me prennent chacun un bras, maman s'attarde auprès de mes grands-parents, suivis par les autres invités. Papa chantonne *Allons à Messine pêcher la sardine*, comme à notre mariage. Est-ce une forme d'hommage pour lui, une manière de ne pas me laisser sombrer, ou de se protéger lui-même contre la tristesse, celle d'avoir perdu ses parents plus jeune encore que Marc'O ? Diane prend le rythme elle aussi, je redresse la tête et les fusille du regard. Est-ce qu'ils entonneraient une mélodie aussi ridicule si le mort était de leur sang ? Derrière nous, la famille de Marc'O ne comprend pas, n'entend pas bien. Papa se tait, en disant c'est pas grave, mais si, c'est grave. Je leur en veux, et puis je comprends, c'est leur manière à tous les deux de ne pas se laisser avaler par la douleur. Ils en sont experts, bien plus que moi sans doute. Moi, je ne sais pas encore, je suis débutante, perméable, poreuse, même si je ne le montre pas. Les yeux mouillés de mon autre sœur me montrent qu'elle l'est aussi. Trop naïves, trop tendres, incapables du recul de circonstance.

La pierre tombale a été choisie en tenant compte de mes souhaits. Elle sera plate, sobre, une simple croix fixée dessus, comme les protestants. Conforme à ce que je saisis de la foi de Marc'O, profondément désireux de croire, mais révolté contre les superstitions déguisées en culte. Tout payé, je ne sais même pas combien. Imaginer mes parents enterrés à côté de Marc'O, c'est étrange. Alors j'ai opté pour un cercueil blindé afin de pouvoir le transporter ailleurs au cas où. Je ne suis pas en état de le décider pour l'instant. Je suis tout juste en état de vivre ce moment, de protéger notre bébé, même au détriment de cet instant. Tant pis. J'ai toujours été convaincue qu'il fallait aimer d'abord les vivants, mais là je doute. Tu es encore dans mon corps, dans mon sang, et nous allons maintenant être vraiment séparés physiquement, pour toujours. T'enterrer. C'est cela qu'ils vont faire. Enterrer ce que tu fus, enterrer ton sourire, enterrer ton talent, ta finesse, enterrer tes coups de sang, enterrer ta créativité et tes doutes, ta lassitude aussi. Te tuer, en somme.

En l'absence de pierre tombale, le cercueil est placé devant l'entrée d'une caverne. Est-ce la fosse commune, un lieu d'entreposage des cadavres ? L'obscurité du gouffre tranche avec le jour blanc, il ajoute son humidité gothique à la froideur des derniers instants. Est-ce un clin d'œil à Poe, à Cthulhu de Lovecraft et aux autres lectures mauvais genre de Marc'O ? Mais moi, j'ai envie de crier que je suis trop à vif aujourd'hui pour supporter cela. C'est peut-être sa liberté, de se démarquer de tout ce protocole catho bon teint auquel il n'appartient pas. La première, je jette les fleurs préparées par Dieu sait qui sur le cercueil. Puis il faut que je m'éloigne, que je laisse place à la procession, que je me range sur le côté. *Il n'y aura pas de condoléances.* Maman s'est dit que ce serait trop difficile pour moi. Je ne sais pas. Les bras, les épaules de mes amis et de ceux de Marc'O me sont nécessaires. Ceux de mes cousines aussi. Ce sera pour plus tard.

Diane m'entraîne au fond du cimetière, elle s'est débrouillée pour que j'aie un moment avec mes amis. Je n'ai pas eu le courage d'imposer leur présence au vin d'honneur chez mes parents. Alors ma famille de cœur se tient dans un coin du cimetière, présente quand même. Ils se blottissent là, visages hâves, mains dans les poches, souriants pour me donner du courage, on se serre, on se respire, on n'a pas peur de pleurer et de s'embrasser, et je suis heureuse qu'ils soient venus.

De retour à la famille, on embrasse sans étreindre, on garde un visage lisse, on converse de manière civilisée, on écoute les souvenirs des uns et des autres. Ma famille joue le jeu de la force contre le spleen, la tienne est silencieuse, la plupart assis, les uns contre les autres, n'osant s'étreindre. L'atmosphère de la grande maison de mes parents bruissant de gens bien habillés les en empêche, les dépossède de ce moment qui aurait dû être une consolation. Ils souffrent en silence et je suis impuissante. Mon beau-père garde les yeux dans le vague, il discute poliment avec mes grands-parents, il n'est pas là. J'attends que tous s'en aillent, j'insiste pour rentrer chez nous. Dans deux jours, je vais reprendre le travail. J'y tiens. Tout plutôt que continuer à moisir dans notre appartement où je ne peux que ressasser le kaléidoscope délavé de notre début de vie ensemble.

Le lundi, je revêts mon uniforme de cadre, veste et pantalon gris, chemisier blanc, rien ne signale mon état pour qui ne sait pas que mon pantalon a un élastique réglable, mais la nouvelle du décès de mon mari a fait le tour de la boîte. Les visages défaits de circonstance sont surpris de me voir revenir si vite. Mon boss, grand escogriffe à la mèche virevoltante, me félicite, tu as raison, j'aurais fait pareil. Se plonger dans le boulot, il n'y a rien de tel pour oublier ses soucis. J'acquiesce vaguement, je sais qu'il ne pense pas à mal, avant de retrouver mon bureau, mais pas le calme, car tous défilent, qui par curiosité, qui pour s'épancher sur son propre traumatisme. Ce n'est pas tous les jours qu'une collègue jeune perd son mari. Et enceinte. Ça les effraie. Chacun se confie, untel a perdu son frère au même âge, l'autre a perdu un enfant, et pleure dans mon bureau, quelle horreur, perdre un enfant on s'en remet, on a d'autres enfants, mais perdre son mari, non vraiment, ma pauvre !

C'est le moment de boucler les évaluations de fin d'année, de commencer à parler des augmentations. Je viens de prendre la responsabilité de l'agence, je suis bien occupée à négocier l'enveloppe avec chacun de mes adjoints. Ils sont durs en affaires, ils n'osent pas au début, puis reprennent vite leurs aspérités et leur franc-parler de consultants toujours loin de chez eux, une bouteille dans la boîte à gants. Je préfère, c'est plus sain. Je suis là pour qu'on ne me ménage pas, pour qu'on me mette la tête dans le boulot jusqu'au cou, pour ne pas penser. Et j'arrive à ne pas penser de toute la journée. De retour à la maison, il faut dormir. Je rêve de toi, tu me parles. Me souris. Je n'arrive pas à entendre, à retenir ce que tu me murmures. C'est mon angoisse du matin, tu m'as peut-être dit quelque chose d'important en rêve, et je ne m'en souviens pas. Je suis en dessous de tout. Le bébé est là, il se fait sentir à coups de retournements brusques, de compressions sur ma vessie, c'est comme si on se tenait la main, fort, c'est comme si on ne se lâchait pas. On est ensemble, nous trois contre tous.

Jim et Belle se glissent dans le planning saturé par ma famille et mes amis. On se retrouve tous entassés dans l'appartement de mon beau-père, tout rappelle encore leur mère, les photos, le canapé neuf qu'elle a commandé une semaine avant son décès. On est bien, serrés les uns contre les autres, on se passe les bambins, on décide d'aller au multiplexe tout proche pour voir *Le Seigneur des anneaux*.

Dès le générique, je suis plaquée à mon fauteuil par la stéréo tonitruante. Je pose ma main sur mon ventre, le bébé est lui aussi secoué par ces bruits de bombes et fait des bonds chaque fois que l'action s'emballe. Petit à petit, je me laisse entraîner par l'histoire et les effets spéciaux. Je ne vois pas arriver la romance entre Aragorn et Arwen, et leur baiser me déchire. Alors c'est cela, l'amour, c'est être déchiré quand l'autre ne reparaîtra jamais plus. Le *Never-more* du corbeau de Poe résonne entre mes tympans.

J'éclate en sanglots. Jim, à côté de moi, me serre la main. Mais qu'est-ce qu'il y peut ? Personne n'y peut plus rien.

Quand nous sortons de la salle, le soir recouvre tout. Je marche comme une petite vieille, le ventre contracté. Je m'éclipse le plus vite possible, malgré la désolation de Jim, l'affection qui m'attend auprès d'eux. Je retourne à l'appartement, je me couche avec la déchirure béante. C'en est terminé pour moi des scènes d'amour. C'en est terminé de l'amour.

IV

MON CHEVALIER

Quand je rencontre Marc-Aurèle, c'est d'abord sa tenue qui me frappe. Non pas ses vêtements, pourtant il faut bien avouer qu'une veste de costume sur un pantalon à pinces est assez rare chez les garçons de notre âge, mais plutôt son port de dandy, une cigarette glissée entre ses doigts, le buste tourné vers moi qui le surplombe, et me fige. Jim fait les présentations sans plus de commentaire, je sais qu'il lui a déjà parlé de moi, et je rougis. Alors même que mon mètre quatre-vingts et l'escalier me font le dominer, il me paraît à la fois grand et séduisant. Peut-être la profondeur de son regard brun, adoucie par le fait qu'il ne s'appesantisse pas, mais flotte à proximité, ajoute à cette séduction. Moi, j'ai honte de mon jean trop large. Je n'attends plus rien après une rupture traumatique.

Je suis toujours cette grande fille gauche, mal attifée. Toujours cette fille aux gestes déliés et au regard direct qui accepte les présentations de Jim comme si tout était normal, comme si le regard de ce Marc-Aurèle n'était pas aimanté au mien. Comme si son costume n'attirait pas plus l'attention que ça dans ce concert. Comme si, l'âme au fond des talons, il ne venait pas de quitter son premier amour qui lui a embrumé le cerveau pendant plus de deux ans.

J'esquisse un sourire quand il s'assied à côté de moi, sur le gradin en béton. Il voit ma gêne quand l'un de mes amis m'interroge silencieusement. Oui – je ne le dis pas, mais la brillance de mes yeux est la meilleure réponse qui soit. Oui, je suis d'accord.

Je ne connais pas ce groupe de jazz-rock dont il est adepte, et quand il s'assied à côté de moi, c'est pour continuer un dialogue qui a débuté sur cette question. Elle est ponctuée par ses grandes mains, des doigts musclés et nerveux, les tressautements de sa jambe à côté de moi. Je n'ai pas de souvenir précis de cette conversation, juste une ouate qui enrobe un échange ininterrompu. Lorsque Pat Metheny termine son premier morceau, j'apprends à Marc-Aurèle le nom d'un instrument brésilien, la *cuíca*. Il pousse de petits cris enthousiastes, m'entraînant dans l'atmosphère joyeuse et délicate de cette musique que je découvre.

Il me signale un titre au début d'un morceau : *Are you going with me ?* Soudain immobile quand il prononce ces mots, je sens sa chaleur à côté de mon bras. Je lui souris, n'osant interpréter ses intentions, le cœur battant la chamade. J'ai peur. J'ai peur de tomber amoureuse.

Quand il découvre chez ses parents le poème que Jim a conservé, il jalouse mes vers scandés qui ne lui sont pas adressés. Évidemment, Jim n'a pas mon numéro de téléphone, Marc-Aurèle le tanne pour qu'il l'obtienne de ce copain. Ce n'est qu'au bout de trois semaines que, déterminé, il peut enfin le composer. Mon père au bout de la ligne demande son nom, Marc-Aurèle l'entend appeler dans ce qui semble un immense jardin. Mon père me passe le combiné, Marc-Aurèle entend des oiseaux autour de moi.

Au bout d'une heure environ, il saute dans le vide et propose une sortie au cinéma. C'est quand je dis oui qu'il se croit tiré d'affaire. Il ne sait pas que je vais rappliquer avec ma bande.

Nous sommes l'un à côté de l'autre au cinéma, où j'ai rameuté mes copains. J'ai peur, peur de me retrouver seule face à Marc-Aurèle et à mon attirance que je crains de n'être pas partagée. Alors je m'interdis de tomber amoureuse, je dresse entre nous ces barrières imbéciles, mais je jubile de l'avoir à mes côtés devant *Le Cercle des poètes disparus* qui m'arrache des larmes, et je prie pour qu'il saisisse ma main, comme si j'avais quatorze ans, essuie mes yeux ou que sais-je encore. Pendant le générique, je me détourne de lui pour cacher mon trouble, et il se tient simplement à mes côtés. Il m'avoue qu'il a aussi pleuré. Comme pour le titre du morceau de Pat Metheny, je ne sais ce que je dois déduire de cette confidence. À l'évidence, Marc-Aurèle se livre, mais je dois tout comprendre à demi-mot.

Dans le bar où nous poursuivons la soirée, dévorée par la faim, je commande un sandwich, quand les garçons se contentent d'une bière. Les blagues s'enchaînent, ce n'est pas son style, il préfère s'éclipser, puisque je ne lui laisse pas de place, pas d'espace pour une réelle rencontre. Il faudra une troisième, puis une quatrième occasion, pour que nous soyons véritablement seuls.

Il me voit, cette fois en robe droite et gainée d'un collant noir, m'avancer vers sa voiture. Je remarque qu'il s'est aussi apprêté, pantalon à pinces et veste au tombé parfait, il a paraît-il des places pour une soirée privée dans le 5e, à vrai dire je me préoccupe peu du lieu puisqu'une fois garé, il me propose de déambuler le long des quais, au clair de lune, dans la vapeur de nos respirations.

Il n'est plus question de fête, la conversation reprend là où nous l'avions laissée, sans apprêt. Les sujets, les phrases se sont envolées. Les regards qui s'évitent, qui se rejoignent sur un point de vue, la flamme de son briquet qui allume mes cigarettes sur lesquelles je tire pour ne pas l'embrasser. Ce n'est pas à moi de faire le premier pas, c'est ce qu'on apprend aux filles, non ? Alors j'attends que sa conversation s'étiole. Accoudée à la balustrade du pont Alexandre III, j'entends soudain ses lèvres prononcer ces mots, je crois que je suis amoureux de toi. Comme ma gorge est trop serrée pour répondre, je l'enlace et dépose un premier baiser sur sa bouche surprise. Il me reproche silencieusement d'aller trop vite, qu'est-ce qui a pu me faire croire qu'il fallait que je me donne si facilement, décidément je ne comprends rien aux hommes et à l'amour. Cela ne l'empêche pas, quelques instants plus tard, de me rendre mes baisers alors que je boude, terrassée par ce que j'interprète comme une non-réciprocité. Nos débuts sont comme une valse à deux temps de mon côté, à trois temps du sien. Ce qui est sûr, c'est que nous ne voulons plus nous lâcher.

Je suis transie, au café de la Mairie, place Saint-Sulpice, et j'ai le trac. Marc-Aurèle va me présenter Nils, le meilleur ami dont je comprends qu'il est aussi un peu un modèle pour lui. Nous nous installons à une table mal essuyée par un garçon pressé qui nous somme de passer notre commande. Pendant qu'il dépose un chocolat et un thé fumants, une grande silhouette en loden se pose à côté de nous. Ce garçon blond a la même élégance distante que Marc-Aurèle, il parle peu, dissimule sa gêne sous un humour discret. Impossible de me remémorer leurs paroles, je ne dois pas dire grand-chose non plus, pourtant je sens qu'il s'agit d'une intronisation. Je ne sais qui doit plaire à qui, ce qui est sûr, c'est que les yeux gris-bleu me fixent très peu de temps pour se poser partout, sauf sur moi, par délicatesse pour Marc-Aurèle sans doute. Ma raideur disparaît lentement, ils évoquent la fin de leurs études à venir, la suite. Suis-je acceptée ?

Quand tu revêts ton équipement, lunettes à facettes, gants de cuir, je ris, je t'appelle mon chevalier. Aucune appréhension de ma part, sauf le jour où tu pars avec Stéphane pour tourner sur le circuit de Montlhéry. Enceinte de deux mois et nauséeuse à souhait, je te glisse par la fenêtre, fais attention ! tu vas être papa... Depuis l'arrivée brusque du platane dans ton pare-brise, cette phrase tourne peut-être dans ta tête, peut-on encore appeler ainsi ton crâne défoncé tel que je le découvre, décrit complaisamment dans le rapport de police ?

Tu es mon chevalier ce matin-là, même après cette courte altercation mi-sourire mi-amer sur l'état de mes jambes. Ta belle dame, déformée par un début de grossesse peu avantageux, doute de toi parce que tu étais en colère contre la nature, pas contre elle.

Le baiser que tu m'envoies sur tes doigts déjà gantés, depuis la porte de l'appartement, tu ne sais pas que c'est ton dernier, et je ne te le rends même pas. Sur le moment il éteint mon début de révolte, j'ai envie de te le retourner, mais ne le fais pas. Je ne t'envoie pas de dernier baiser. Et ça me poursuit encore.

Je trouve Marc-Aurèle tellement différent. Il me trouve tellement différente. Lorsque nous nous rencontrons, il me confie s'être posé la question d'une relation avec un garçon, tant les filles lui paraissent dépourvues de profondeur. Il a depuis changé d'avis, se liant d'amitié avec des femmes de tête. Ses collègues de fac aussi jolies que spirituelles pourraient aller jusqu'à m'énerver. Le manque d'attirance sexuelle pour les hommes le bloque. Il a d'abord été repoussé par mon côté foutraque et garçon manqué, avant d'être séduit par ma fragilité. De mon côté, sa sensibilité, son élégante virilité et sa délicatesse d'esprit le rendent unique.

Un jour de pluie, nous nous arrêtons devant l'église de Senlis, attendant la fin de l'averse dans la petite voiture embuée d'un morceau de saxophone interminable. La mélopée inconnue nous tient longtemps prisonniers de l'habitacle, bien après l'apparition du soleil. C'est une véritable communion, un charme partagé que nous hésitons à rompre tous les deux. Quand nous sortons, c'est pour nous plonger dans un petit édifice obscur, dont le transept ancien nous séduit de ses courbes parfaites. Je commence une série photographique sur les cathédrales, Marc'O me rejoint dans le labo photo pour assister à l'apparition des croisées sous les vagues du révélateur. Dans les odeurs de chimie et les volutes de saxophone de John Surman, nous retrouvons l'émerveillement partagé, nous sommes proches comme jamais.

Notre destination préférée pour une journée, un week-end, ce sont les champs de bataille de la Marne et de la Somme. Pendant des années, Marc'O dessine et je photographie ces champs doucement vallonnés à coups d'obus, les tranchées qu'il reste près de Verdun, les croix blanches qui se perdent dans l'horizon délavé, les monuments recouverts de noms français, anglais, canadiens, les cimetières allemands aux discrètes croix brunes, les stèles flammées des soldats maghrébins, ces milliers de tombes, ces montagnes d'ossements, ces croix gravées de dates et parfois d'âges, 21, 18, ou même 17 ans. Une armée de gosses sans expérience, optimistes, amoureux peut-être. Une armée de tendres héros au courage pur, c'est ainsi qu'on se les représente, éludant la trouille, la chiasse, les mutilations. Hantés par les lectures de Barbusse, de Jünger, de Péguy, nous nous recueillons sur leurs tombes, main dans la main, et parcourons, silencieux, les paysages qui crient innocemment la beauté du printemps, le blé en herbe se nourrissant des profondeurs cadavériques.

Le sacrifice de ces vies adolescentes fascine Marc'O, comme cette horreur et cette noirceur montées en épingle par les gouvernements, malgré la littérature qui a très vite révélé l'imposture. Pourquoi cette focalisation sur la Grande Guerre ? Cette jeunesse et cette pureté écrabouillées, éclaboussées, putréfiées par le cynisme des généraux, eux-mêmes dépassés par le nombre des morts, c'est ça qui le révolte. N'étaient-ils pas les derniers braves, quand tout le monde se proclamait résistant en 1945 ? Quand les soldats de retour d'Indochine, ou d'Algérie comme son père, gardaient le silence pendant des décennies, honteux, grattant leurs plaies dans la nuit sans rien en révéler à leurs fils ?

Le garçon idéaliste qu'il est, comme tous ceux de notre génération, n'a aucun conflit pour s'illustrer. Aucun père à aduler. Quand Nils se met à écrire sur son arrière-grand-père mort dans la bataille de la Somme, Marc'O l'admire secrètement. Nils vit par procuration l'héroïsme de son aïeul, il peut en revendiquer une part. De quel sacrifice rêve Marc'O lorsqu'il m'emmène *ad nauseam* sur ces champs de bataille, où ma nature contemplative s'ajoute à sa fascination pour la belle mort, la mort inutile et glorieuse de tous ces beaux jeunes hommes ? Le sacrifice concret, organique, bien loin de ces explosions de puits de pétrole à l'horizon que l'on nous montrait à la télévision.

Mon chevalier ne fait pas la guerre du Golfe. Il ne part nulle part, même pas en Guyane comme Nils pour se confronter à la jungle et aux trafiquants de drogue. Il reste faire son service dans le régiment le plus proche de chez moi. Il ne reprend pas à son compte le courage supposé de son père lieutenant-colonel de l'armée de terre. Lui qui a perdu la guerre, et qui n'en souffle jamais mot.

En digne fils d'officier, Marc-Aurèle a la guerre pour patrie. Elle décore le mur de l'appartement parental avec la Légion d'honneur de son père, commandant fusilier de marine. Pour quels faits d'armes, quelles basses œuvres ? Son père est une tombe et le restera. A-t-il eu honte de l'accident de voiture, une fin banale et sans éclat ?

En fils aîné d'un revenant de la guerre d'Algérie, Marc'O n'en a vu que le masque derrière lequel son père a dissimulé tous ses traumatismes. On dit que ce qui ne tue pas rend plus fort. Il semblait être un homme solide. Le père de famille sévère, le mari viril, décidant de tout, s'emportant contre tous, dressant ses garçons bagarreurs à coups de ceinture. Mais tout de douceur avec leur mère malade, tout miel avec la petite sœur si jolie et gentille avec ses longues tresses. Le fort protège le faible. Mais qui était le fort ? Ce père mutique à propos de l'Algérie, ou cette mère résistant à tout, les déménagements, les séparations, les piques misogynes au volant, ses enfants turbulents et le dédain des femmes de généraux, dissimulé derrière un sourire de bon aloi ?

Ma colère aurait-elle été différente, moi qui, estomaquée par la bêtise de ce décès inopiné, ne savait qui en rendre responsable ? Une automobile de sport frappe un platane un 31 décembre, même pas un excès de vitesse, même pas de stupéfiant dans le sang, pas un témoin identifié. J'ai longuement cherché ce témoin imaginaire, qui aurait pu gêner ta route, te faire faire un écart ou glisser au dernier moment sur une microplaque de verglas, j'ai épluché ce rapport de police, pour diriger ma colère contre quelqu'un d'autre que toi. Et puis, elle m'a submergée. Finalement, malgré le baiser envoyé de la porte, malgré ce bébé en route, ne me restent en mémoire que la remarque sur mes jambes enflées, la comparaison avec celles de ton assistante ; ma colère gronde et reflue contre toi. Comment as-tu pu m'abandonner ? Est-ce que dans ces millisecondes où la Lotus a dérivé contre le platane, tu y as pensé ? Est-ce que par hasard tu n'aurais pas laissé faire, lassé d'avance par une vie de père de famille sans enjeu, sans aventure ? Sans bataille où t'illustrer, toi qui avais tout fait pour échapper à la guerre du Golfe. Paniqué par la paternité, est-ce que tu n'as pas fui ? Est-ce que tu ne m'as pas fuie ? Est-ce que tu le sais toi-même ?

Le 1er mai 1994, notre amour a cinq ans. Je ne connais pas encore la menace qui pèse sur notre couple innocent, sortant de Paris par une belle journée déjà chaude pour visiter la Normandie. Je sais ma dépendance et ma mauvaise foi, je sais les colères froides de Marc'O. Je sais qu'elles nous ont déjà conduits, au bout de quelques mois, à rompre plusieurs semaines, pendant lesquelles il n'a rien voulu d'autre que s'enfermer dans sa chambre pour ruminer.

Le 1er mai 1994, sa Mini trace allègrement sur la route des Crêtes, premier arrêt à Château-Gaillard, si blanc sur le ciel layette dominant la boucle de la Seine. Il a prévu d'écouter le Grand Prix d'Imola, où son idole Ayrton Senna défend son quatrième titre mondial. Tranquillement, nous nous remettons en chemin pour Rouen, que nous traversons sans nous arrêter. Étretat et ses falaises nous accueillent pour un cornet de frites sur la plage de galets, sous un soleil digne de la Méditerranée. Il y a déjà beaucoup de monde, et je me souviens que lorsque nous quittons la ville pour prendre la direction du pont de Tancarville, puis la Côte Fleurie, la nervosité de Marc'O ne fait que croître dans les embouteillages.

Grillant cigarette sur cigarette, il peste contre les Parisiens pare-chocs contre pare-chocs, contre mon insistance pour s'arrêter à Honfleur, que nous n'avons jamais visitée. Sur un rond-point exagérément fleuri, entouré d'une file continue de voitures dans une chaleur de plomb, il en pète un, ni mieux ni pire que n'importe quel banlieusard dans les embouteillages. Nous sommes coincés, alors j'argumente, autant aller jusqu'au bout. Jusqu'à la lie de sa colère.

Sur ce rond-point, il allume la radio pour écouter le début du Grand Prix qu'il est en train de rater par ma faute, et je rumine déjà dans mon coin, secrètement terrorisée dès lors qu'il entre dans ses colères noires.

Et là, sur ce rond-point agreste, au bout de quelques tours d'essai, la nouvelle. L'impossible. L'accident.

La Mini immobilisée, la Williams explosée. Le corps de son idole extrait de la carlingue défoncée. Emporté à l'hôpital, laissant sans nouvelles la course. Les organisateurs qui la font reprendre. L'attente.

Dans la Mini qui s'extirpe lentement des embouteillages, la radio annonce la mort de l'idole, du jeune homme en pleine gloire, du meilleur pilote de tous les temps. Ayrton Senna, le triple champion du monde, est décédé de son accident sur le Grand Prix d'Imola. La course s'est tout de même tenue et vient de se terminer.

Le silence s'empare de l'habitacle. Marc'O ne prononce plus un mot, il est sous le choc. Je ne comprends pas, je crois que c'est le prolongement de sa colère. Je lui demande s'il souhaite rompre. Il s'arrête devant la gare de Honfleur. Me dit, si tu pars on ne se reverra plus. Il attend que je descende, mais mes larmes coulent. Alors il redémarre.

Marc-Aurèle passe de longues heures dans sa caverne, la future chambre du bébé, pour composer sur sa guitare des ballades mi-brésiliennes mi-jazzy qui succèdent aux expérimentations musico-rythmiques de ses années de fac avec Nils. Parmi elles, il me fait écouter une composition particulière à laquelle il a donné mon prénom, une mélodie tendre et pourtant tout sauf monotone, qui explore la gamme musicale telle une échappée sans fin dans les collines, les bois et les falaises de nos promenades.

Quand j'écoute le CD de John Surman que tu avais acheté peu de temps après notre visite de la cathédrale de Senlis, je suis instantanément transportée à ce jour de pluie et à notre longue station dans la petite Austin embrumée, aux voûtes élégantes du transept de ce monument. Je suis avec toi.

Il me faut du temps pour oser écouter nos musiques, j'attends d'être seule, souvent au volant, où je me fais parfois surprendre par l'un de nos morceaux passant sur FIP. Les larmes affluent – par chance personne n'est là pour les voir. Quand elles arrivent, que je le veuille ou non, je suis avec toi. Avec un homme qui ne me quitte pas.

Sur cette photo de nous deux, je tiens mon appareil en bandoulière et mon visage se rapproche du sien. Nous sommes habillés légèrement, mais pas trop, le soir tombe vite sur ce petit bois breton, nous avons enfilé des gilets. Assis sur un plaid de laine, nous sommes à l'abri du sol humide. Une de mes mains est posée sur son épaule comme s'il m'appartenait. Mon sourire semble confirmer la satisfaction que j'ai à le posséder. Lui regarde simplement l'appareil réglé en mode retardateur. Ses yeux se perdent sur un point qui n'est pas exactement dans l'axe de l'objectif, comme s'il fixait un photographe à l'ancienne, situé un peu à côté de l'appareil photo.

Derrière nous, les deux voitures se font presque face. Ma 2CV un peu rouillée s'intègre à merveille dans ce paysage breton à la brume montante. Sa Mini a fière allure. Elle donne une couleur un peu plus sportive à la photo, moins campagnarde que ma vieille guimbarde. Toutes deux sont le signe de notre indépendance, ou de notre liberté, ou encore de notre désaccord. Au moment de partir en vacances, Marc'O se perdait en atermoiements sur la fermeture ou non du cabinet, les travaux de plomberie, une fuite toute récente, tous les prétextes étaient bons pour retarder un départ que je n'en pouvais plus de repousser. Mon projet photographique et mes congés n'attendraient pas. Je décidai de forcer le destin, en partant seule pour la Côte d'Émeraude, où je pouvais loger un jour ou deux. Qui m'aime me suive… Bien m'en avait pris. Il m'avait suivie, les yeux dans le vague. Mais il m'avait suivie. Chacun sa voiture. Chacun son itinéraire. Chacun son voyage, ses impressions, ses photos. À lui les clichés souvenirs, les paysages en couleurs, à moi le noir et blanc, les vieilles pierres dans les landes mystérieuses. Sur les deux-trois photos de notre couple prises au cours de ce périple, en couleurs ou noir et blanc, tu as ce même regard.

Ce flou dans ton regard, était-ce le flou dans ton désir de me suivre ? Ravie, je ne t'avais posé aucune question. Tu étais là, et ça me suffisait.

Juste après notre mariage, j'effectue un voyage à Madrid pour suivre une formation professionnelle. Sur la place du Prado, une Gitane me lit les lignes de la main, m'annonce un enfant, peut-être deux ou trois, et ne réussit pas à me parler de ma vie et de mon amour, referme bien vite mes doigts sur ma paume et refuse que je la paye. Quand je lui rapporte l'anecdote, inquiète, Marc'O rit tendrement de ma crédulité.

Quand sa mère, qui fait des rêves prémonitoires, dit qu'elle a rêvé de nous, il la presse de questions. Mais elle ne veut rien révéler. L'ombre qui passe sur son front ne me quitte pas. Je ne l'ai pas oubliée. Savait-elle ?

Je rêvais de quatre enfants. Toi, prudemment, tu n'en envisageais pas plus de trois. Pas tout de suite. Pas encore.

Ai-je forcé ton désir d'enfant qui tardait à venir, avec mon désespoir de ne pas être mère après notre mariage, puis après trente ans, puis après mes belles-sœurs ? Quand enfin la pulsion, ou l'injonction intériorisée de procréer s'est réalisée, tu étais en plein deuil. Oh, bien sûr, tu t'es réjoui. Pour moi ? Étais-tu sincèrement heureux ?

Le jour où nous l'avons annoncé à mes parents, tes yeux brillaient. J'étais fière, enfin, de brandir la nouvelle à maman qui s'inquiétait, à papa qui n'était pas loin de se demander quel genre d'égoïstes nous étions. Je sais que tu redoutais de confier l'annonce à ton père, encore si fraîchement éprouvé. À peine ce dernier l'a-t-il su qu'il s'est mis à courir les magasins, achetant petites robes et bloomers assortis, persuadé que nous attendions une fille.

Je me souviens de ce samedi matin. Marc'O part à son cabinet. Je suis déjà derrière l'écran. Je passe de plus en plus de temps sur les forums de maternité. Ils me font oublier l'escalade en Irak et en Afghanistan. Ils me font parfois même oublier Marc'O. En enfilant son casque et ses gants de scooter, il peste sur l'inanité de ces forums, alors tu vas l'élever toute seule ta fille ? Parce que ce sera une fille, qui te ressemblera, sois-en sûre. Un petit clone que tu pourras façonner à ton image, comme ta mère t'a façonnée à son image. Je m'insurge, il mélange tout. Oui, je préfère imaginer une petite fille, je sais que tu en seras fou. Il m'a avoué craindre d'être dur, inflexible avec ses enfants, particulièrement les garçons. Je me souviens de son regard effrayé le jour où j'ai fait claquer le martinet de son enfance, sorti d'un carton de déménagement. Qu'y faisait-il ? Il avait traversé les générations paternelles, l'histoire dit que sa grand-mère y a goûté. Lui, il avoue à demi-mot avoir reçu quelques coups de ceinture. Mais il avait la tête dure, réplique son père. La couleur de son regard, ce jour-là, m'a ancrée dans la conviction qu'il est toujours ce petit garçon craignant le fouet. Élevé à l'ancienne. On protège les filles, on dresse les garçons.

Alors c'est dit, il vaut mieux qu'on ait une fille. Mais tu prononces ces mots comme si tu savais déjà que tu allais mourir. Je vais élever seule ma fille, comme ma mère avant moi. La dyade féminine, la fusion parfaite, le gynécée. Les poupées gigognes.

Nos valises sont prêtes dans le couloir. Pour moi, c'est encore la nuit. Dans un grand bruit, un éclat vole contre le mur de notre chambre. Marc-Aurèle bondit du lit, prêt à guerroyer, casser la gueule au cambrioleur, désamorcer la grenade qui vient de nous tomber dessus. C'est un projectile qui a brisé la fenêtre de la salle de bains. Une tuile lancée par un ouragan. Une tempête de type « bombe », je ne l'apprendrai que plus tard. C'est l'effet qu'elle nous fait.

Il est cinq heures du matin. La nuit est parcourue de nuées furieuses. Pourrons-nous partir en Martinique fêter le mariage de la cousine de Marc-Aurèle ? L'avion est prévu à 9 heures, décollera-t-il ? Marc'O démonte un cadre, fixe le fond en bois mince à la place de la vitre brisée en mille morceaux. Il faudra que cela tienne en notre absence, que nous ne pensions pas aux cambriolages possibles. Nous nous mettons en route plus tôt que prévu pour rejoindre son frère qui doit nous conduire à Orly.

La rue de Jim est jonchée de débris, un alignement de voitures sans pare-brise. La sienne n'a plus de vitre arrière. Hébété, il râle sans prendre la mesure des risques. Il consent finalement à nous accompagner, encore halluciné. Sur l'A10, des arbres centenaires jonchent l'accès à l'aéroport. Des branches volent encore çà et là. Nous réussissons à contourner les obstacles pour arriver dans le terminal sous le choc. Toutes les liaisons sont annulées. La verrière a explosé en mille éclats, nous nous blottissons dans un coin en espérant la reprise des vols. Nous croisons des regards aussi sonnés que nous. Toutes nos économies y sont passées. Chez Jim et Marc'O, la colère est mêlée à l'abattement. Comme s'il fallait combattre. Jim est persuadé que des gens se sont amusés à briser des pare-brises supplémentaires. Marc'O est prêt à en découdre. Suis-je sidérée ou dans l'acceptation ? J'attends, abasourdie, il n'y a que cela à faire. Sans réaction, je le contemple dans l'adversité. Est-ce ainsi que les femmes évaluent les capacités de leur homme à les défendre ?

La tempête s'éloigne vers l'est, nous décollons vers midi, miracle des prévisions météo et de la confiance de l'être humain en son œuvre aéronautique. Nous avons peut-être échappé à une catastrophe.

V

MÈRE

Rendue à ma solitude, après l'enterrement, je surfe encore plus sur les forums de maternité, en virtuel... et je saute le pas, je donne rendez-vous à Marianne à la piscine avec son mari Georges. Nous barbotons avec nos ventres flottants, parlons tandis que Georges aligne les longueurs. On retrouve d'autres futures mères de Boulogne, au parc, pour un pique-nique improvisé. Je noue des amitiés dont je ne sais si elles survivront à cet épisode. Je vis au jour le jour, portée par la sollicitude de mes amis qui multiplient les visites, les invitations pour surtout ne pas me laisser seule le week-end.

Les amies des forums s'invitent fréquemment les unes chez les autres... Un mois après l'enterrement, je me risque à l'une de ces rencontres. C'est une première pour moi et la plupart d'entre elles, jusqu'à présent je m'étais rendue à quelques réunions en petit comité, surtout chez Georges et Marianne. L'ambiance est particulière, les jeunes femmes qui m'entourent n'osent pas aborder ma situation ni se comporter normalement avec moi. Sollicitude ou voyeurisme ? J'ignore encore de quoi est composé leur intérêt pour ma personne. On picore les salades de riz, les quiches. Les mères houspillent leurs jeunes enfants entassés dans une chambre remplie de jouets. Je ne sais que sourire timidement à la proximité artificielle avec mes nouvelles amies. Un sourire qui se tord à l'instant où un gâteau d'anniversaire fait son apparition. J'avais oublié que sur les forums des données aussi personnelles que la date de naissance s'échangent si facilement. Je serai moins diserte à l'avenir, en attendant je souffle les bougies avec fatalisme, et un sentiment d'usurpation. Je ne dois pas offrir le tableau escompté, ma reconnaissance supposée est entachée de gêne et d'envie de fuir, mais je ne veux pas blesser mes amies de circonstance. De retour à l'appartement déjà obscurci par le soir hivernal, je savoure ma solitude qui est encore une proximité avec toi, toi qui aurais ri et tourné en ridicule cet anniversaire incongru. Moi qui ai refusé qu'on le fête chez mes parents, comment ai-je pu me laisser piéger ? Moi qui déteste ce rituel depuis mes trente ans, quand l'absence de l'enfant si désiré m'avait fait quitter la table les larmes aux yeux, devant mes parents, mon frère et mes sœurs interloqués. Sans toi, je me renie.

Je fabrique un album de naissance, alors même que je ne sais pas quel sexe, quelle tête, quelles ressemblances le bébé va avoir avec chacun de nous. Les pages de garde sont couvertes d'une aquarelle représentant ses origines sur la carte du monde. Évidemment la France est un peu agrandie. J'entreprends la rédaction d'une demi-page pour chacun de ses grands-parents, racontant le plus honnêtement et complètement leur vie. Au moment d'écrire celle de tes parents, je suis saisie par un doute. Est-ce que ça te plairait ? Je devrais demander des détails à ton père, encore prostré dans son deuil. Je laisse des blancs en attendant. Sur la page suivante, je dessine au crayon un arbre généalogique.

Une double page est dédiée à notre vie de couple avant l'arrivée du bébé. Au coin supérieur gauche, je colle mon ticket du concert de Pat Metheny. Je délaisse un instant l'album en construction pour prendre celui que m'a offert ma mère à notre mariage, garni de mes photos d'enfance et d'adolescence. Tu l'avais complété avec les tiennes. Je scrute attentivement les yeux réjouis de ce poupon tout rond, et ceux déjà mélancoliques du petit garçon au menton pointu. Garçon ou fille, j'imagine le bébé comme ton sosie. J'ai peur qu'il soit un garçon. Je serais paniquée d'élever un petit homme, de mal faire, de le castrer. En tant que fille aînée, j'ai l'habitude de tout régenter. Mon frère a dû se construire dans un environnement hostile, une famille de femmes fortes, je n'ai pas envie de ça pour notre enfant. Toi, tu es le fils d'un militaire, le fils d'une lignée d'hommes, où les bagarres avec Jim étaient quotidiennes. *Les garçons, c'est comme ça.* Alors j'espère que le bébé est une fille. Une petite poupée avec ton visage.

À l'hôpital, je suis repérée. Veuve, primipare, vulnérable en diable. Ils ne semblent pas savoir que le bébé est là, au fond de moi, que sa force me tient debout. Petit bout de rien, il redresse ma grande carcasse concave. En plus des consultations prénatales, je dois voir une psychologue une fois par mois qui me demande comment je vais et qui remplit un carnet quasi vierge. Elle a l'air plus désespérée que moi, je lui dis que le bébé me porte. Elle me toise d'un air dubitatif et écrit sans rien dire. Elle me relâche juste avant le cours de préparation à l'accouchement. Quelques futurs pères accompagnent des femmes marchant en canard. Ça m'élance juste en dessous du bébé, quelque part entre ses fesses et les miennes. Comme si je ressentais soudain du désir pour toi. J'ai envie de sortir, tout de suite, ma respiration ne suit pas du tout les consignes, je n'expire pas quand il faut, je suis hors d'haleine. Georges et Marianne me sourient, désolés. Ce sont les seuls à savoir dans le cours. Ils sont un peu plus jeunes que moi, leur premier bébé naîtra une semaine après le nôtre. Ils ne t'ont pas connu, mais ils m'entourent comme si j'étais leur amie. Je me détends. Et je m'engouffre avec eux dans la grande aventure de rencontrer notre bébé, qui représente maintenant toute ma vie. Comme tu l'avais prévu, il est désormais tout pour moi. Le monde peut courir à sa perte en Afghanistan et la France dans les bras du Front national, je ne suis plus rien. J'enregistre tout de même une procuration pour le deuxième tour qui est proche de mon terme, en me demandant quelle place aura notre enfant métis dans cette France où l'extrême droite progresse comme un virus. Pendant que la sage-femme nous entraîne à pousser des sons gutturaux pour aider notre bassin à s'ouvrir, Marianne et moi nous empêchons d'éclater de rire alors que Georges effectue l'exercice, très concentré. Nous avons pris l'habitude d'aller manger une crêpe après les séances tous les trois, petit à petit je prends mes quartiers chez eux, à dix minutes de l'appartement dans lequel nous avons emménagé il y a deux ans. Cet appartement dans lequel tu te sentais si mal. Notre appartement que je fuis de plus en plus.

Comme la nuit de la tempête, quelque chose me réveille bien avant que les volets roulants en plastique laissent filtrer le moindre bruit de la rue, la moindre lueur. C'est une onde puissante qui traverse mon corps, un spasme qui me parcourt. Dans un demi-sommeil, je te cherche, et me rends compte que ces douleurs de règles sont des contractions. Il est temps. Diane n'est pas encore à la fac, je l'appelle, tu peux venir ? je crois que c'est le jour. Les trois quarts d'heure de son trajet en métro me paraissent interminables. Je ne sais comment m'habiller, je tourne dans l'appartement, cernée par les meubles choisis ensemble. Je décide de cuisiner des raviolis frais. Des pâtes, comme lorsque nous étions arrivés chez nous après la fête de mariage, heureux et affamés. Il faut vider mon réfrigérateur, et puis cela fera des féculents pour tenir. Diane arrive, fraîche et essoufflée. Elle préfère une tartine à mes raviolis au basilic.

À l'hôpital, on m'enjoint de rester chez moi jusqu'à ce que les contractions soient plus rapprochées. Attendre, encore. J'en prends mon parti, Diane a loupé ses cours, nous prévenons gaiement Marianne et Georges et passons les voir après avoir garé ma voiture au parking de l'appartement. Car il faut que je marche pour mettre en route le travail, qui risque d'être long pour un premier. Je pense, le premier et le seul, et j'ai envie d'être dans tes bras.

Comme pour la tempête, je n'ai pas peur. J'observe, j'attends, je laisse faire. Je ne lutte pas. Je suis à tes côtés.

Il faut prendre des forces, décrète Marianne, dont le terme est bien après le mien. Georges nous cuisine des pâtes à la bolognaise. Lorsque les contractions me prennent mon sang-froid, que je cherche une position qui me soulage, Marianne éprouve hâte et frayeur. Entre deux épisodes, nous dégustons des fraises du marché. Je fais de nombreux allers-retours aux toilettes, avant de comprendre que je perds les eaux. Nous nous regardons avec Diane, faut-il aller chercher la voiture ? Je lui rappelle l'injonction de marcher. Nous irons à pied. Es-tu encore à mes côtés ?

Les spasmes se rapprochent sur le chemin, normalement bref, qui sépare nos deux logements. Je m'appuie aux murets, m'accroche aux grilles. J'avance lentement. Ce n'est qu'au bout d'une demi-heure que nous parvenons à l'appartement. Maintenant, Diane a des gestes précis, saccadés pour prendre mon sac, régler mon siège, conduire la petite voiture. Cette fois, l'hôpital veut bien de nous, et on m'amène rapidement en salle de travail.

Les contractions sont fortes, mais on a encore le temps. Diane reste avec moi, me nourrit en cachette d'abricots secs. On me demande si je veux une péridurale, je réponds, confiante, que pour l'instant ça va. Dans l'euphorie de l'arrivée de notre enfant, les chants de Diane répondent aux miens, sur les recommandations de la sage-femme de la piscine. Nous chantons en boucle *Radioactivity* de Kraftwerk, qui me fait bourdonner la bouche ouverte en tentant d'élargir mon bassin. Je te cherche tandis que les ondes se creusent et déferlent sur mon dos, me coupant le souffle. J'appelle l'anesthésiste, mais il est occupé, il fallait dire oui tout à l'heure, madame. Enfin, il revient deux heures après et m'injecte un produit glacé dans le dos, qui part dans une jambe. Je ne sens plus que la moitié de mon corps, toujours plié par les contractions. Allez, on y va, le petit cœur faiblit, elles sont trois autour de moi, si vous continuez madame, on part en césarienne, allez allez, Diane joint sa voix aux sages-femmes, je donne tout ce que je peux, imaginant un nouveau-né bleuté, un cordon autour du cou, je pleure, je ne te sens plus là, arpentes-tu le couloir en grillant Dunhill sur Dunhill comme les pères des années soixante-dix ? Ne m'avais-tu pas prévenue que tu n'étais pas sûr de pouvoir assister à un accouchement ? Que la vision de mon sexe sanguinolent ouvert sur un petit crâne gluant risquait de te guérir à jamais de ton désir pour moi ? M'abandonner dans un moment pareil, vraiment. Tu aurais pu ?

Pendant l'expulsion interminable, je suis seule malgré ces femmes autour de moi, qui font pleuvoir des ordres contradictoires, je hurle, je m'en veux d'impressionner ainsi Diane, elle ne voudra jamais accoucher après avoir vu cela ! Quand le bébé glisse hors de moi en éraflant ma vulve, je ne sais pas s'il est vivant ou mort, je le vois à peine tandis qu'on l'emmène au fond de la pièce, et Diane avec. Enfin, un miaulement se fait entendre, Diane m'annonce un garçon, la sage-femme l'arrête, mais non, regardez mieux, mademoiselle, dans l'émotion elle s'est trompée, et m'apporte fièrement ma fille, petit poupon rouge et bleu, des centaines de cheveux noirs collés sur le crâne, petit visage renfrogné qui ronfle en cherchant mon sein. Notre fille. Ma fille, ta fille qui portera presque le prénom de ta mère, ressuscitée en ce matin qui point. Non que les néons aient changé d'éclairage, mais à ce moment j'entends clairement le chant des oiseaux par le soupirail derrière moi. Petite Agathe que l'on lave, que l'on couvre, et qui me regarde maintenant, ses grands yeux bleu marine sous son bonnet de coton, frimousse aux traits variables et fins. Petite poupée aux longs doigts, que je contemple pli par pli. Est-ce que tu la vois aussi, ta fille, comme elle est belle ? Est-ce possible d'être aussi heureuse alors que tu me manques tant ?

Le chœur de famille

Quel malheur, si jeune et déjà veuve
Quel malheur, si jeune et déjà seule
Seule avec son enfant
Mais au moins pas de honte
Au moins la honte effacée
Chut, chut
Dans son malheur, elle a besoin de nous
De notre secours
Quel malheur, mais nous sommes là
Nous allons reprendre notre place
Bénie soit cette épreuve
Tous ensemble saisissons-nous du malheur
Pour en faire un don
Chut, chut
Quel bonheur de pouvoir l'entourer
Faire écran contre le malheur
Revenir à nous l'enfant rebelle

Quel malheur, quel bonheur
Si petite et déjà orpheline
Toute à nous, livrée pour nous
Quel malheur, quel sacrifice
Mais au moins pas de honte
Cette petite est légitime
Enfin elle nous ressemble, elle fait partie de nous
Chut, chut
La honte effacée
Dans son malheur elle a besoin de nous
Ce malheur prévisible
Cette malédiction
Cette union hors normes
Nous l'avions prévenue pourtant
Quel malheur qu'il faille
Deux fois briser son cœur
Quel bonheur d'effacer la honte
Chut, chut
Cette enfant nous en fait don
Quel bonheur de pouvoir l'entourer
L'emmailloter la biberonner
Lui faire faire ses premiers pas
Tant que sa mère n'est pas là
Chut, chut
Bénie cette épreuve
Qui nous permet de l'avoir
Toute à nous, livrée pour nous
Quel bonheur

Au nom du père
De la fille et de l'absent
Tous ensemble prions
Pour que la honte s'efface
Blanchisse
Derrière la ressemblance
Chut, chut
Petite-fille, arrière-petite-fille
Identique à sa mère sa grand-mère
Son arrière-grand-mère
Pure et chaste
Quel bonheur
Qu'il en soit ainsi à jamais.

Je me plais à penser que tu me vois. Plantée au milieu de cette chambre que nous avons préparée pour le bébé. La petite poupée sur ma hanche. Enfin seule.

Je me plais à penser que tu m'attendais. Que tu m'attendais dans l'obscurité de cet appartement pendant que j'étais dans la souffrance, dans la peur, dans la joie de l'accueillir, cette petite Agathe. Je me plais à penser que tu connais déjà son nom, ses traits. Tu connais déjà les comptines humoristiques que je vais créer à partir de son prénom, si proche de celui de ta mère. Je me plais à penser qu'une immense gratitude t'étreint, alors je ne t'en veux pas d'être parti comme ça, sur un coup de tête. La glissade, le platane, tout a dû aller si vite.

Je ne t'en veux pas de n'être pas allé voter en mon nom, en ce deuxième tour de présidentielle, c'est un copain qui s'en est chargé pendant que, notre fille pressée contre mon cœur, j'observais en contrebas de l'hôpital de Saint-Cloud les CRS se déployer pour contrer les gros bras du FN. Soulagée et malgré tout inquiète de ce que ce monde réserve à notre enfant.

J'ai pleuré tout à l'heure, à peine arrivée, avec ma mère sur les talons. Déjà une première brouille alors que la petite n'a pas une semaine. Dès que tu as fait sa connaissance, ma mère t'a fait une forte impression. Une belle femme, grande et décidée, prête à mordre pour me protéger. Très circonspecte quant à ta capacité à me rendre heureuse. Son acidité n'a pas pu s'empêcher, je savais que tu serais malheureuse avec Marc'O. Tu as dû reconnaître ta battante quand je lui ai répliqué, parce que tu crois que je n'en ai pas encore eu assez, avec sa mort ? Elle s'est excusée, a préféré me laisser.

Là, dans cette chambre, je me plais à penser que tu me vois. J'erre entre le lit trop grand pour la nouvelle née endormie contre mon sein, nos cartons de déménagement pas encore défaits. Je me ravise, file sur notre lit et, allongée, nourris notre fille, dans le creux où nos deux corps s'emboîtaient paisiblement en cuiller pour laisser venir le sommeil. La petite tétouille dans le vide, un fil la relie à mon sein que tu trouvais si blanc. Moi, je me dresse, avance vers la penderie. Je me plonge entièrement dans tes vestes, tes chemises imprégnées d'ambre et de cuir. L'appel de nos virées m'emporte en même temps que les senteurs boisées. J'ai prévu de donner tes vêtements à Jim, sans lui demander son avis. Cela tombe sous le sens pour moi, un cadeau. Seul obstacle éventuel, il est plus fin que toi, moins large d'épaules. Mon désir monte entre les chemises et les pantalons suspendus. Je sors de la penderie et m'allonge à côté d'Agathe, dont les paupières closes voient passer des milliers de vibrations.

C'est la première fois que je confie Agathe à mes parents, une réunion importante requiert ma présence au travail, même si je n'ai pas officiellement repris. J'ai tiré quelques millilitres de lait en prévision de cette escapade qui ne durera pourtant qu'une à deux heures. J'ai laissé mille recommandations à ma mère, Agathe n'aime pas être posée complètement à plat, il faut la tenir longtemps verticale pour qu'elle fasse son rot, pas de position assise, c'est trop tôt, pas de poussette. Maman s'énerve, elle a eu quatre enfants quand même, ce n'est pas moi qui vais lui apprendre à s'occuper d'un bébé ! Je les quitte sous les pleurs déchirants d'Agathe, culpabilisée au centuple.

Je peine à trouver une place de parking près de l'hôtel où toutes les équipes se sont retrouvées pour le grand raout annuel. Tout est bondé, je dois garer ma voiture sur un terre-plein plus ou moins autorisé, traverser à pied une large avenue où les véhicules se croisent à plus de 70 km/h.

Je m'élance d'un pas alerte, et soudain, sur la deuxième file, un véhicule me frôle, que je n'avais pas vu venir. Le cœur dans la gorge, j'ai une décharge d'adrénaline. Ce n'est pas que j'aie eu peur du véhicule, d'ailleurs mon corps n'a eu aucun réflexe, aucun mouvement pour me tirer d'affaire. Bien au contraire, mes jambes semblent avoir perdu leurs muscles, soudain réduites à deux tiges cotonneuses à peine assez solides pour me porter.

Non, ce qui fait sursauter mon cœur, assise sur le trottoir, c'est la perspective de laisser Agathe, de la quitter à jamais, de l'abandonner. Comme tu nous as abandonnées. Ce que je mesure désormais, à trente-quatre ans, c'est que je suis mortelle, et que ma vie compte. Je n'ai plus le droit de mourir. Plus le droit de traverser la route.

Je m'embarque avec notre bébé d'à peine un mois en Martinique. Folie, a décrété ma mère. Un si long voyage avec un nouveau-né à peine vacciné ! Je n'entends pas, je suis décidée. Je suis venue sur ta tombe la veille du départ. Il est inenvisageable pour moi de ne pas faire ce voyage pour amener ta fille à toute ta famille restée là-bas, trop loin pour faire sa connaissance à la maternité. Quelle dette est-ce que je règle ainsi, parcourant la moitié du globe pour cette présentation de l'enfant ?

Dans mes bagages, paradoxalement légers pour nous deux, tu prends beaucoup de place. Une énorme valise destinée à Jim contient tes costumes et tes chemises. Lorsqu'il me récupère à l'aéroport, son teint pâlit devant la malle. À peine arrivé, il la remise sur le balcon, où il entrepose des caisses de leur dernier déménagement. Sa fille de dix-huit mois saute de joie à l'arrivée du bébé. Il faut la surveiller sans cesse pour qu'elle ne la prenne pas dans ses bras. On les appelle déjà « les cousines ».

Ton père, pour qui ton enfant, si petite et si blanche sous le soleil implacable, est une résurrection, m'a précédée. Ses mains burinées saisissent le poupon de porcelaine avec délicatesse, cette même délicatesse qui l'habitait lors des derniers instants de ta mère. Je me plais à penser que tu contemples leur face-à-face, heureux de cette harmonie qui me fait du bien aussi.

Je me plais à penser que tu nous vois. Je ne vis que pour elle, par elle. Il m'est important de parcourir le département de long en large afin de rencontrer tes tantes, tes oncles, tes cousins. Tous m'accueillent à bras ouverts. Je découvre que cette famille que je n'ai vue que deux, trois fois, m'est profondément attachée à travers Agathe et toi.

Je l'allaite. Je brave les questions, mais elle n'a pas soif ? tu ne lui donnes pas d'eau ? Je lui fais prendre son premier bain de mer aux Salines sous les regards vaguement inquiets des vieilles tantes qui n'ont jamais pris ce risque si tôt. Je dors contre elle, sans utiliser le lit parapluie installé avec force jurons par Jim dans le bureau transformé en chambre d'amis. La bienveillance de ma belle-famille, sa douceur avec l'enfant, me repose. Je suis dans un entre-deux. Je me plais à songer que nous étions le couple idéal et qu'Agathe vient effacer nos imperfections, tes hésitations, ma mauvaise foi.

Mais nous ne sommes pas en instance de divorce. C'est comme une deuxième lune de miel, ce séjour au soleil avec ma petite qui me ressemble, quoi qu'en dise ton père. Ton père qui berce longuement notre enfant, qui la contemple, guette dans ses traits sa femme, son fils. Une fois endormie, la dépose dans le berceau. Décide d'aller seul sur la tombe de ta mère.

Est-ce qu'il aurait fallu t'enterrer là, toi qui n'as vécu que six ans ici ? Je doute, me dis qu'il sera toujours temps d'y penser. Je songe que le séjour n'aurait peut-être pas été si idyllique. Mais l'enfant… elle aurait tout changé, j'en suis sûre. Et je me plais à penser que tu le crois avec moi.

VI

VIVANTE

Quand Agathe a quelques mois, je l'emmène partout. J'accompagne nos amis sur les circuits. Chaque passage de voiture de course l'épouvante, lui fait pousser des hurlements. Je tente de la calmer en la pressant contre moi, en la câlinant, rien n'y fait. Elle est terrorisée par ces bruits soudains de tonnerre.

Stéphane, un copain de fac de Marc'O, m'invite peu de temps après son divorce. Sa femme Christine et lui avaient une relation privilégiée avec Marc-Aurèle. Stéphane est fou de voitures sportives modernes, à l'inverse de Marc'O, qui affectionnait le chic des vieilles anglaises. Ils partageaient le culte des pilotes et des Grands Prix de Formule 1. À notre dernier séjour, les deux amis s'étaient mesurés avec passion sur le circuit miniature Scalextric de Stéphane.

Il m'invite à Orléans, où il continue à travailler dans le même cabinet médical que Christine. Je ne la verrai pas.

Nous sommes au restaurant, le serveur a trouvé une

chaise haute pour mon bébé qui tient à peine assis. Tandis que je la nourris d'une compote, Stéphane la couve des yeux comme si ton héritière était à protéger à tout prix, qu'il était personnellement impliqué dans le devenir d'Agathe. Comme s'il devait prendre soin de la veuve de son frère. Comme ses collègues, anciens de la faculté de médecine, qui ont réuni une cagnotte versée sur le compte ouvert pour la petite.

Cette cagnotte me met mal à l'aise, elle suppose que je suis sans ressources, que tu étais le chef de famille, que je n'étais que le vase sacré qui a porté ta fille. Je suis idiote, je vois le mal partout.

Stéphane est tout miel, il me parle de toi pendant tout le déjeuner. Étais-tu un modèle pour lui ? Je le crois sans peine, tant la mort rend ton aura unique, inévitable.

L'heure de route qui me sépare de Paris ne me permet pas d'analyser la situation, seul un malaise persiste. Ce n'est que plusieurs mois après que je me rends à l'évidence. Est-ce que Stéphane aurait tenté de me séduire ? Imaginait-il que j'aurais été réceptive ? Notre dévotion exagérée à ta mémoire m'égare parfois. Je ne perçois pas toujours l'affection qui la sous-tend.

Petit à petit, je me détache de certains amis qui ne me comprennent plus, à qui je n'arrive pas à expliquer, à faire sentir qui je suis désormais. Je ne donne plus de nouvelles. J'oublie de répondre à certains.

Car je ne suis plus la même. Ta mort m'a transformée en une femme que tu ne reconnaîtrais peut-être pas. Je te déplairais, sans doute, par certains côtés. Bien que par fidélité je maintienne des liens avec tes intimes, la plupart prennent leurs distances. À ma grande surprise, certains des miens aussi. Je mesure ce qu'il y a de rassurant, pour un couple, à fréquenter d'autres couples. Je deviens dangereuse, peut-être ? Ceux dont je suis la plus proche désormais, tu ne les as pas connus, j'ai commencé à les fréquenter peu avant ta mort, au début de ma grossesse. Moins préoccupés d'esthétique que d'éducation, ils n'auraient eu que peu à voir avec toi.

Mes priorités ont changé. J'ai la chance d'avoir un bon

salaire. Les comptes que je tenais au moment où ta mort m'a été annoncée, je ne les tiens plus.

Le fils d'une amie abîme le canapé club que nous avions chiné à Saint-Ouen ensemble, au moment de notre mariage. Ses parents sont perplexes devant mon calme, quand je leur demande de ne pas gronder leur fils, ce n'est qu'un objet après tout.

J'ai décidé de vivre pour les vivants. Pour ma fille, mes proches. Quand mes parents proposent une messe des morts pour toi, je réponds que je vais réfléchir. Peu après, je m'aperçois qu'ils ont omis de me signaler le décès d'une grand-tante que j'aimais, quelque temps après le tien. L'éducation d'Agathe prend toute la place, je m'immerge dans la vie.

Pourtant il n'en a pas toujours été ainsi. L'amour dure trois ans, vraiment ? Et les fleurs ? Au premier anniversaire de ta mort, je vais déposer des lumignons autour du platane sur lequel tu t'es fracassé.

Soufflées par le passage des voitures, les flammes fragiles s'éteignent. Je persiste pendant de longues minutes en laissant couler mes larmes. Alors, ce maigre hommage, le ciel n'en veut pas. La bruine se joint à mes larmes pour éteindre le dernier espoir. Au lieu de m'apaiser, ce geste réveille le manque de toi, la révolte contre ce témoin qui a peut-être continué sa route devant ton accident, contre celui qui t'a peut-être fait faire cette embardée. Je reporte mon projet sur ta tombe, où un vent subit éteint mes lumignons à peine allumés. Faute de mieux, je dépose quelques bruyères discrètes, tout sauf des fleurs voyantes dont l'absence de sobriété t'aurait contrarié.

L'année d'après, une rambarde de sécurité a fait son apparition devant ton platane et tous les autres du virage.

Les bruyères, entre mes mains et celles d'Agathe, sont déposées sur la dalle luisante de pluie. Sa main dans la mienne, je lui fais dire au revoir à ta tombe.

Petit à petit, les visites se font plus irrégulières. Loin de me réjouir, le fleurissement par d'autres que moi est reçu comme une gifle, la tombe n'était pas fleurie quand je suis passé, glisse mon père, j'ai commandé une jardinière pour la tombe de Marc'O, le fleuriste passera la déposer mardi.

Je ne fais pas mon travail de veuve.

Il me faut du temps pour m'émanciper de ce sentiment d'imposture. Je bénéficie quelques années de l'excuse de la douleur. Après ça, on pense que je m'en fiche.

Plus d'un an après son divorce d'avec Stéphane, Christine m'appelle pour la première fois. Je suis surprise, car malgré sa proximité rieuse avec toi, elle ne s'était jamais manifestée. Cela me rend méfiante, d'autant que sa nature joyeuse lui donne un air frivole. Elle m'explique avoir été terrassée par ta mort, incapable de m'aider ou de me dire quoi que ce soit de constructif. Elle a préféré soigner sa douleur dans son coin.

Elle m'invite à Orléans où nous passons un week-end à discuter sans interruption. Elle t'avait parfaitement saisi dans tes contradictions. Ses grands enfants prennent plaisir à s'occuper d'Agathe et à la faire jouer dans le jardin tandis que nous ne nous lassons pas de parler.

Le dimanche, au petit déjeuner, elle me confie un rêve qu'elle a fait il y a peu. Tu lui apparaissais, souriant, détendu. Tu lui faisais comprendre que tu étais heureux et fier d'Agathe et de moi, de constater que nous nous en sortions très bien et que je tenais mon rôle à merveille. Je suis tout d'abord estomaquée de cette confidence, légèrement jalouse que tu lui apparaisses en rêve quand tu te dérobes à mes suppliques.

Dans la voiture, sur le chemin du retour, je sanglote au volant, ma fille endormie derrière. Ce qui me fait le plus mal, ce n'est finalement pas ce choix d'apparaître à Christine. Car je ne doute pas que tu lui es apparu. Non, ce qui écrase ma gorge, c'est bien que tu sois heureux. Heureux de nous voir toutes les deux nous dépêtrer sans toi. Heureux, sans nous. Ça, ça me détruit. Parce que tu nous as abandonnées.

Ce n'est qu'au bout de deux ans que je décide de m'inscrire sur un site de rencontres. De faire un bilan de compétences. De chercher un travail ailleurs. De quitter une boîte où je ne trouve pas ma place. Deux ans.

Ma fille a dix-huit mois. Elle tète encore. Lors d'un rendez-vous sur les bords de Loire, un prétendant détourne le regard. C'est ma fille, elle boit, rien d'obscène là-dedans.

Ce n'est qu'au bout de trois ans que je ne te cherche pas dans chaque regard masculin. Que je ne désire pas une copie de celui que tu étais. Que je m'ouvre à la rencontre de quelqu'un de différent. Quelqu'un qui soit lui-même. Est-ce que je me rends à moi-même ?

Après quelques échanges sans lendemain, un grand motard aux yeux gris chatte avec moi sur Meetic, puis par SMS. Ses messages sont mystérieux, ils laissent planer une sensualité teintée d'humour et, peut-être, une envie de me connaître. Je suis happée.

Très vite, je le rencontre. Trois cents kilomètres nous séparent, et nous nous voyons à mi-chemin, puis le plus souvent chez lui, au bord de la Manche.

Pour la première fois, je ne pense pas à toi quand il me prend. Je suis amoureuse. Et coupable.

Une amie plus âgée, que j'ai toujours considérée comme une grande sœur, me soutient et m'appelle régulièrement. En tant que célibataire, comme d'autres copines seules ou divorcées, elle a pris une place particulière dans mon univers qui se vide de mâles. Pourtant, quand le motard fait son apparition, elle est la première à me mettre en garde. Je n'aurais d'attirance que pour les hommes fascinés par la vitesse et le danger, d'ailleurs pourquoi cette attirance continue-t-elle alors que ta mort aurait dû m'ouvrir les yeux ? Je décide de ne plus lui parler.

Ma petite Agathe m'accompagne après quelques weekends, je ne veux pas la laisser en dehors d'une histoire qui prend de l'importance pour moi. Ma relation fusionnelle avec elle, qu'il qualifie d'incestuelle, déplaît au motard.

Mais c'est lui qui, un matin, alors qu'Agathe me rejoint et s'allonge contre moi, pose une main sur elle, comme pour la rendormir. Immédiatement, je me dresse et la colle devant les dessins animés, loin de nous. Sans réagir plus, mais mon cœur bat à tout rompre. Ma fille. Ta fille.

Peu de temps après, le motard me plaque en silence. Je pleure longuement, accablée par cette rupture irrécupérable. Je ne referai pas ma vie. Ça veut dire quoi, refaire sa vie ? Je suis irrécupérable.

Après notre déménagement, Agathe est encore petite. À Paris, elle avait appris à tenir la poussette de l'assistante maternelle, à donner la main et rester sur le trottoir. En province, les voitures vont vite, nous ne sommes pas en centre-ville, cela devient une question de vie ou de mort.

Sur le parking du supermarché, elle s'échappe entre deux voitures stationnées. Je panique, plante là mon chariot empli de victuailles et me lance à sa poursuite. L'ayant rattrapée, je la tance, il faut rester à côté de moi, et ne pas lâcher ma main !

Quelques jours après, nous nous apprêtons à traverser la rue devant notre immeuble, quand elle m'échappe à nouveau sur le passage piéton. Une voiture pile. En larmes, je la rattrape, incapable de renouveler mon sermon. C'est elle qui me demande d'une toute petite voix, alors c'est comme ça que papa est mort ? il a lâché ta main ?

Je lui explique la Lotus, le platane, l'enterrement, la

tombe. Je lui raconte la décomposition du corps, l'âme qui part au ciel, le souvenir, l'amour malgré tout. Je ne lui réponds pas que tu as lâché ma main. Et pourtant, c'est elle qui a raison.

À quel moment l'as-tu lâchée ? Quand ce platane est arrivé devant toi, ta Lotus en glissade, as-tu laissé faire le destin, l'hiver, le verglas ? T'es-tu dit que c'était mieux ainsi ? T'es-tu dit que ma propension au bonheur me sauverait, avec cet enfant qui arrivait ? Est-ce que tu as pu te dire tout cela dans une fraction de seconde ?

Ou bien l'as-tu lâchée avant ? Quand ton assistante au prénom de coiffeuse, Marylou, c'est ça, a commencé à balader ses blouses courtes et ses jambes galbées dans ton cabinet ? Quand ta mère nous a laissés, sans avoir jamais révélé sa prédiction ?

Tu es le seul à savoir. Et parfois je sens encore ton amour, malgré les années qui passent, non pas ce bonheur décrit par Christine, non, cet amour qui flotte au-dessus de nous deux, et qui nous accompagne, malgré tout. Qui m'irrigue. Mais tu as lâché ma main. Comme Agathe le fait aussi, doucement. Sûrement. Décidée à vivre sa vie.

Agathe a 4 ans ! Comme tu le pressentais, ma fille et moi avons un air de famille évident. Les mêmes yeux en amandes, les mêmes cheveux blonds bouclés. Mais elle est gauchère comme toi. Elle a ton mouvement de sourcil lorsqu'elle est interloquée. Elle fait la moue comme toi, sans jamais avoir vu un seul film de toi.

Lorsqu'elle est triste, Agathe te ressemble sur cette photographie en noir et blanc prise en maternelle, alors que tu avais 4 ou 5 ans. Ton calme te fait paraître plus âgé. Seuls la douceur de tes joues pleines, ton petit menton à peine marqué de la fameuse fossette, ta blouse à carreaux nous ramènent à ta condition d'enfant. Et dans tes yeux, une tristesse, une mélancolie d'adulte que l'on peine à reconnaître.

Était-ce ce sentiment d'impuissance et de désastre qui te faisait peur lorsque mon amour me submergeait de joie communicative et que tu te sentais alors pris au piège d'un optimisme béat ?

Était-ce ce sentiment de perdition et de vanité qui te faisait passer de longues heures à visiter et contempler les lieux de la Grande Guerre ? Qui te faisait craindre chaque projet de fusion, de vacances, de mariage ?

Est-ce que cette mélancolie a refait surface lors de la mort de ta mère ? Est-ce qu'elle t'a emporté, malgré toi, malgré ce bébé qui s'annonçait, malgré mon amour, ou à cause de mon insistance à aller de l'avant alors que tu te sentais si mal ? N'as-tu pas eu d'autre choix que partir ?

Où est passée la douceur que j'avais pour toi ?

Assise à mon grand bureau, je consulte mes mails et je marmonne. Je me plais à penser que tu te souviens de mon regard joyeux, brillant, insistant, te rappelles-tu ? Nous étions en route pour la campagne. Je conduisais ma 2CV, quand soudain je me suis tournée vers toi, et je t'ai dit, et si on se mariait ? Tu te rappelles, mon cœur ?

Bloquée sur mes mails, je peste contre le consultant payé 50K qui va m'obliger à couper dans le vif de mes équipes. Si seulement j'étais restée cette fille passionnée, sans honte aucune de plonger mes yeux dans les tiens, à te faire baisser les cils et te concentrer sur la route pour éviter la vague submersive de mon amour sans frein.

Je stresse, plus qu'une demi-heure avant ma réunion d'équipe, et il va falloir que je leur annonce que nous nous séparons de Pierre. Ils vont me détester. Mais qu'est-ce que ça va changer ? De toute façon ils me détestent déjà. Une femme, seule, en plus, et un peu plus jeune qu'eux, est-ce que ça pouvait marcher ?

Je voudrais t'aider. T'aider à m'oublier. T'aider à me quitter pour de bon. À oublier la jeune femme à la gorge si blanche et au regard si insistant. Il faudrait que tu t'en ailles pour de bon. Oublier que le dernier jour, tu es parti loin de moi. Oublier que tu m'as oubliée quelques instants.

Je murmure, si seulement j'avais pu en discuter avec toi, tu aurais pu me conseiller. Comment le faire, comment leur dire ? Comment leur annoncer que Pierre ne reviendra pas, qu'ils m'ont obligée à le licencier comme un chien, et juste avant Noël en plus ?

Es-tu encore là ? Es-tu avec moi ? Dire que tu m'as haïe pour mon incapacité à dire non à des ordres imbéciles. Et si je leur disais la vérité ?

Mais c'est impossible. Le patron et moi, on perdrait toute crédibilité. Je sais que c'est sur moi que retombera la faute. « Il n'était pas si mal, ce Pierre... vous avez gardé son contact sur Linkedin ? » Je soupire.

Je deviens rassurante avec mes rondeurs. Moins menaçante. À croire que c'est mon physique de grande Allemande qui les paniquait, avant. Maintenant, je me rapproche d'eux. Je deviens plus humaine.

Je songe à Pierre, je le trouvais pas mal. J'avais presque l'impression de te tromper en le regardant, en l'embrassant. Oui, je sais que tu sais que je l'ai embrassé au séminaire de l'an dernier. Si mes adjoints l'apprennent, je suis foutue. Je sais qu'ils ne me pardonneront rien.

Tu serais mal placé pour me faire la leçon. Je n'ai jamais su où tu allais, le dernier jour. Quand tu m'as envoyé un baiser devant la porte, déjà ganté. Soi-disant pour une balade sur la route des Crêtes, le long de la Seine. Notre balade rituelle.

Je me demande si tu m'aurais pardonné. Je pense que tu l'avais déjà embrassée avant, cette Marylou. J'essaie de me reconcentrer. Les résultats de la filiale de Pierre, les économies nécessaires, la réorganisation de son service, la nécessité de faire évoluer Fred et Vincent, et voilà, j'ai mon pitch. Je retombe toujours sur mes pieds, avec ma mauvaise foi qui te rendait fou.

J'ai toujours su que tu savais que j'avais deviné, pour Marylou. Comment me cacher quoi que ce soit, d'ailleurs ? Un regard suffisait. Enfin, je n'avais peut-être pas tout éventé. Tu m'as déjà trompée, je veux dire… vraiment ? Toi ?

Toi qui m'avais serrée dans tes bras, couverte de baisers, plein de sollicitude, quand je t'avais avoué, en larmes, avoir eu un coup de cœur pour un stagiaire de mon laboratoire.

Si tu n'étais pas mort, au bout de combien de temps aurait-on divorcé ? Pas pour Marylou, j'espère. Enfin, je ne pense pas. Je me plais à penser que tu n'aurais jamais su te contenter d'une fille comme elle. Mais est-ce que tu m'aurais laissée m'empâter, me normaliser, me novlanguer ainsi ? Combien de temps aurais-tu tenu ?

J'écarte la chaise de mon bureau, pose les pieds parallèles et les mains sur mes cuisses, inspire lentement en fermant les yeux. Si tu voyais ça, tu rirais franchement. Foutaises, ces histoires de pleine conscience.

Est-ce qu'il aurait fallu former un couple ouvert ? Mais tu ne m'aurais jamais partagée. Tu aurais cessé de me toucher.

Mais pourquoi tu n'arrives pas à m'oublier ? Pourquoi tu ne me laisses pas tranquille ? Tu peux le dire, toi ?

Si tu revenais aujourd'hui, que te dirais-je ? que c'est trop tard ? que nous sommes heureuses, toutes les deux, avec ta fille, sans toi ? Enfin, elle, ça reste à prouver. Tu étais tellement exigeant avec moi, à la fin, même si j'ai construit ce mausolée virtuel pour toi. Même si j'ai diffusé partout sur les réseaux sociaux, sur mon blog, nos photos idéales, tout sourires et yeux plissés de bonheur, à chacun de tes anniversaires de naissance et de mort. À qui pourrais-je dire, aujourd'hui, que je suis plus heureuse sans toi ? Même pas à ma fille... Quitte-moi... Laisse-moi vivre, s'il te plaît.

VII

TA FILLE

Le chœur de famille

Quel malheur, si mûre et toujours veuve
Quel malheur, si jeune et toujours seule
Seule avec sa mère
Mais au moins digne et fière
Au moins fière de son père
Chut, chut
Petite-fille, arrière-petite-fille
Identique à sa mère sa grand-mère
Son arrière-grand-mère
Pure et chaste
Quel bonheur
Quel malheur
Le mari jamais remplacé
Le père jamais surpassé
La jeune fille têtue et fière
L'art et la manière
Quel bonheur, la beauté de cette enfant

Quel malheur, qu'elle reste sans enfant
Comme si le père l'empêchait
Comme si les pères pleuvaient
Quel malheur, quel bonheur
Qui saura ce que les beaux-pères
Auraient pu ou ne pas pu faire
La petite grandit en sagesse
D'elle, elle est totalement maîtresse
Quel bonheur, quel malheur
Dévouée à son Art
Elle restera, telle une vierge
Consacrée à jamais
Tel bonheur, tel malheur.

L'autre jour j'ai fait à Agathe la réflexion que le premier album de AIR était en bonne place sur sa playlist, celui que j'écoutais quelque temps avant sa conception. Celui que nous écoutions. Je suis seule à voir des ressemblances et des similitudes. Si elle écoute de la bonne musique, ce n'est peut-être pas forcément parce que je l'ai infusée petite, ou parce que nous l'avons écoutée avant elle, bien que je sois persuadée du contraire. Cette manière que j'ai de tout prétendre connaître d'elle l'énerve.

Ce qui est manifeste, c'est qu'elle se sent profondément ta fille, notre fille à tous deux, alors qu'elle ne t'a pas connu. Ma mère prétend qu'on ne peut se construire qu'avec un père et une mère, nous la laissons dire. Si on la reprend sur ce point, elle va assurer que c'est bien la présence de mon père qui m'a sauvée. Mais alors Agathe, qui l'a sauvée ? Je n'ai vécu assez longtemps avec aucun de mes compagnons pour qu'elle puisse considérer l'un d'entre eux comme un beau-père. Ça m'aurait fait mal, d'ailleurs. Qu'ils lui donnent des ordres. Qu'ils se permettent des remarques sur ses vêtements, ses choix, son je-m'en-foutisme ou son manque de participation à la maison. Certains ont essayé.

Alors, qu'est-ce qui fait d'Agathe ta fille, à part quelques gènes et une fossette au menton ? Oui, elle a ta photo sur sa table de nuit. Oui, elle porte ton pull et l'un de tes vieux blousons. Oui, il lui arrive d'écouter des musiques que nous aimions. Non, elle ne croit pas te mettre sur un piédestal. Mort ou vif, tu es son père, et il n'y en a pas eu d'autres, c'est comme ça.

Si ma vie sentimentale est un tant soit peu guidée par ta mort, ce serait plutôt telle une menace. Quand le motard me prend en croupe, quand il décide de traverser à pied une quatre voies urbaine pour me rejoindre, j'ai des sueurs froides. Il pourrait mourir, lui aussi, et m'abandonner. Quand mon compagnon suivant nous entraîne à nous baigner dans la Loire, à un endroit dangereux, je le suis en priant qu'il ne nous arrive rien. Au premier doute concernant sa solidité, je fuis sans lui laisser une deuxième chance, je refuse d'être à nouveau dépendante de l'incertain. L'histoire se répète, je côtoie le spectre de l'accident et le rejette, alternativement.

Celui que nous avons eu, l'année des treize ans d'Agathe, m'a fait comprendre que ce n'était pas une menace en l'air. Un demi-tour sur route mal évalué, une camionnette lancée à fond, et nous nous sommes retrouvées conduites à l'hôpital, moi ne pouvant bouger sur une civière, Agathe à mes côtés ne comprenant pas un mot de ce que lui disait le pompier en espagnol. Les heures écoulées avant que l'on me diagnostique une côte cassée, elle les a passées à se comporter en adulte veillant l'enfant blessé. Mais j'étais son seul parent qui geignait, essayant en vain de me lever pour vérifier que ma colonne n'était pas touchée. Ce jour-là, je me suis souvenue que si je disparaissais, elle restait seule.

Alors pourquoi me risquer à nouer des relations profondes avec des hommes ? Pourquoi risquer qu'un autre motard me fasse filer à toute vitesse sur une autoroute, frigorifiée de peur ? Pourquoi accepter d'être dépendante d'un homme qui me quittera ou que je quitterai de toute façon ?

Par mimétisme, Agathe est restée la jeune fille sage de l'évangile, sa lampe tenue bien droite, regardant devant elle. Elle est même allée jusqu'à me prévenir qu'elle n'aurait pas d'enfant, choisissant comme fait exprès un métier précaire pour se garder loin de cette envie de fonder un foyer et de s'attacher à qui que ce soit.

Tomber amoureuse, voilà le risque. Avoir un enfant, un compagnon qui mourrait avant moi, voilà mon cauchemar. Certains la taxeront d'égoïsme, quand il s'agit de survivre. Nous sommes des survivantes.

Peut-être se laissera-t-elle amadouer. Par un garçon cultivé et passionné comme toi. Un homme déconstruit. Un homme qui la rendrait heureuse et qui lui ferait peut-être reconsidérer la question. Transmettre à son tour la vie, se mettre en danger de perdre ceux qu'elle aime. À son tour, devenir fragile et vulnérable.

Je ne me souviens pas lui avoir un jour appris ta mort. Je me souviens des bains que je lui donne, petite, et de nos longues conversations tandis que je la savonne ou qu'elle fait machinalement cracher de l'eau à ses jouets sans perdre une miette de mes explications sur la vie, le monde, la mort. Qu'en l'essuyant je lui explique que papa ne reviendra pas, mais que je crois que je le retrouverai le moment venu. Elle a peur que j'essaie de te rejoindre avant, alors elle m'étreint en serrant fort les poings, les yeux et les dents.

Elle est plus grande quand nous déménageons à nouveau, changeons de région pour mon travail. Un retour en région parisienne pour moi, mais elle ne s'en souvient pas. Pour elle, c'est simplement un départ, quitter ses amis de toujours, ses copains d'école, à la veille d'entrer en CM2, ajouter un grand pas à un autre grand pas l'année d'après. Peu de temps avant le départ, elle se met à repousser la nourriture. Déjà fine, Agathe devient maigrichonne, je panique. Le médecin diagnostique une possible anorexie, mais ne paraît pas inquiet en raison de son âge. À neuf ans, on ne devient pas anorexique. Je l'envoie en vacances chez mes parents, elle retrouve ses cousins et oublie, j'espère, ce qui l'attend à la rentrée. L'été se déroule entre sable et mer, spectacle de plage et feu d'artifice du 15 août. Je la fais venir la veille de la rentrée, dans une maison que le propriétaire n'a pas terminée. Une nourrice inconnue vient trois jours pendant que j'ai un déplacement professionnel. Quand je reviens, elle me confie qu'Agathe n'a pas beaucoup mangé.

Je cours sans cesse entre un nouveau patron très exigeant, la rentrée scolaire à organiser dans une nouvelle école, la nourrice un peu fantasque, la recherche d'un psychologue pour Agathe. Aurais-je dû agir plus vite ? M'en aurais-tu voulu de cette inertie ? Moins d'un mois après, elle rencontre une praticienne qui la fait parler et dessiner pendant trois séances. À la troisième, Agathe lui lâche qu'elle ne sait pas si j'ai voulu sa naissance. Lors d'une conversation avec ma sœur, j'avais confié avoir perdu beaucoup de poids à ta mort malgré la grossesse. Est-ce que perdre ce poids c'était essayer de te rejoindre ? Vouloir la disparition du bébé ? Elle n'en est pas sûre. Puisque nous allions nous rejoindre, pourquoi ne pas faire de même pour rester avec moi ?

La semaine d'après, la psychologue m'invite à la séance. Comme Agathe a honte de me confier de telles pensées, la psy se fait son porte-voix, et me demande de raconter ma grossesse.

Quand je lui apprends que c'est justement elle qui m'a donné des raisons de vivre, Agathe reste interdite, rouge, les yeux brillants. Oui, elle a de l'importance pour moi. Elle n'est pas qu'un paquet que l'on dépose dans une maison pas finie avec une inconnue, ce travail qui me happe, c'est pour qu'elle ait une belle vie, plus tard une belle maison, pour qu'on soit heureuses ensemble, pour qu'elle grandisse dans les conditions idéales.

Cela, il me faut le lui dire. Mais ta mort, elle l'a toujours sue.

Agathe n'a jamais vraiment appris ta mort, mais grâce à l'album de naissance que nous feuilletons ensemble, avec arbre généalogique, carte de ses origines, description de chacun de ses ascendants, elle apprend à mieux connaître son père. Cette manière de vivre ta passion des vieilles voitures à travers un club de copains, des séances de réparation à plusieurs chez le garagiste spécialisé, des week-ends entiers à sillonner les petites routes de Bretagne, des bords de Loire ou de la Picardie en Mini, MG ou Lotus, cela a vraiment marqué notre vie de couple. Quand je lui montre dans ma bibliothèque l'album des « 100 ans de l'automobile » à la Porte de Versailles, auxquels je suis allée à seize ans, elle comprend que cette passion était partagée. Moi, j'étais au bord de la piste, essayant mille réglages afin de donner le sentiment de la vitesse pour ensuite, dans le labo photo, expérimenter diverses techniques de tirage et rendre hommage aux belles mécaniques lancées à tombeau ouvert. Oui, cette passion était partagée, c'est une évidence.

Agathe est surprise aussi par les pages sur la Martinique. Sur ton hagiographie, il est manifeste que tu n'y as pas vécu très longtemps, au gré des affectations de ton militaire de père. Le Sud, Djibouti, la Bretagne semblent t'avoir plus marqué que cette île lointaine que tu appelais « Péyi ki dou ». C'est moi qui t'ai fait renouer avec cette partie de ton histoire, te précédant là-bas pour le mariage de Jim, sillonnant le département avec ta cousine, rencontrant tes oncles et tantes. La Martinique qui m'a immédiatement adoptée, moi qui avais la nostalgie du Brésil où j'ai vécu la fin de mon enfance. La douceur apparente de la vie, l'accueil de ta famille, fière que je veuille comprendre et m'intégrer, non comme une zoreille, mais comme une créole.

Comme ton père, charentais pur jus, qui prenait immédiatement un accent martiniquais dès le tarmac, dès que le coulis-coulis des grillons se faisait entendre au subit coucher de soleil, avant même l'apparition de Jim dans la salle d'arrivée. Ton père, le grand-père d'Agathe, qui s'est précipité pour l'examiner sous toutes les coutures à la maternité, a retourné ses oreilles pour tenter de prédire sa future couleur.

Car Agathe est née blanche, et blanche elle est restée. Le passe blanc, c'est ainsi que l'on nomme le privilège usurpé aux Européens. Comme la fille aînée de Jim, Agathe est « bien née » aux dires de sa grand-tante. Terme pour signifier toute la chance à double tranchant qui s'abat sur ces berceaux, celle de faire son chemin dans la société sans être discriminée, en ayant toute sa vie un sentiment de trahison envers les siens.

Car elle est quarteronne, et tu étais métis. Tu m'as conté souvent comme ta complexion de chabin t'a parfois évité les discriminations, comme ton soin à t'habiller classiquement, à faire de bonnes études t'a plutôt apporté le statut de sympathique mascotte que celui d'homme à abattre.

Les réactions de mes parents, mes grands-parents, n'ont pas été faciles à digérer. Noir comment, d'où exactement, ah il est médecin, tu crois que tu seras heureuse avec lui ? Les questions orientées se sont abattues comme une pluie tropicale. Je les ai accueillies avec un sourire forcé, pour ne pas faire de vagues. Et j'ai cherché à faire bonne figure à chaque difficulté pour, surtout, ne pas envenimer les choses. Les difficultés, Agathe ne le sait pas encore, mais il y en a dans tous les couples.

Elle ne se souvient pas de sa première fois sur l'île, elle avait un mois. Ni de la deuxième, avant ses deux ans. Les photos de son album témoignent de mon souci à établir et maintenir son lien avec la terre de sa grand-mère, celle dont elle porte presque le prénom. Celle où nous nous sentons comme chez nous, même si elle n'occupe pas nos pensées. Celle où nous savons que nous avons une famille, sans avoir à l'esprit sa différence. Parce que Agathe vient des deux mondes, finalement. Ou d'aucun. C'est comme ça que tu te sentais.

Alors je finis par prendre cette décision, partir au Portugal, oh ce n'est pas la chaleur qui m'attire. J'ai su apaiser mes démons, calmer mes passions, me donner un horizon différent, le courage de casser la vie imbécile dans laquelle je me suis enfermée, à appliquer des consignes auxquelles je ne croyais pas, encadrer des personnes qui ne me respectaient pas, utiliser un langage que je méprisais. Je me mets à gérer mon argent pour pouvoir vivre à moindre coût, donner mon temps à ce qu'il me reste d'intérêt pour la vie : l'écriture. Le mirage de vivre de ma plume ne m'a pas effleurée, je sais que c'est un vœu pieux. Je sens venir la raideur, le racisme, le chacun-pour-soi, je préfère m'installer sur une côte qui me rappelle la Bretagne, avec des températures presque tropicales. Je préfère laisser Agathe voler de ses propres ailes à quelques heures d'avion. Je viens la voir souvent, tous les deux-trois mois. Je ne m'attarde pas, passe voir mon frère et mes sœurs qui sont restés, eux, dans le compromis, en essayant de ne pas les juger.

Quand je pars, je te dis que je ne rentrerai sans doute pas, que c'est là-bas que je terminerai mes jours, face à l'océan, quelles que soient les conséquences. Je lui ai laissé des cartons, les objets de son père, ta guitare, tes petites voitures miniatures, tes carnets, tes dessins et tes cassettes, et notre correspondance. Je lui demande de ne pas l'ouvrir avant que je meure, cela nous laisse encore une bonne vingtaine d'années au moins, ou alors, que je n'en sache rien. Agathe épluche tout ce à quoi elle a droit sans restriction, lit tes carnets à la lueur de sa lampe de chevet, parcourt avec nous les routes touristiques et guerrières de France, essaie de comprendre ce qui poussait son père à coucher sur le papier dessins et descriptions minutieuses de ces voyages à deux et de ses impressions d'enfance. Tes dessins, à peine ouverts, vite refermés, elle me reconnaît en un instant nue, debout ou allongée, ai-je oublié que tu m'avais croquée, rehaussée d'aquarelle ou de crayons de couleur ? Non, je n'ai pas oublié.

Les lettres, qui sait si elle les a ouvertes.

Je pourrais me sentir traîtresse de la laisser dans cette France où son passe blanc est un atout, heureusement ou malheureusement. Bizarrement, elle ne m'en veut pas pour cela, mais pour m'être établie si loin de ta tombe. Elle est maintenant la seule à perpétuer le fleurissement de ton anniversaire, sur cette dalle qui abrite aussi ses grands-parents, quelle ironie du sort, te voilà coincé avec mes parents quand je vis à l'autre bout de l'Europe. Loin des yeux, loin du cœur…

C'est à la mort de son grand-père qu'Agathe mesure ce qui la liait à son père, au-delà de l'absence. Son grand-père qui était toute douceur pour ses petites-filles et toute exigence pour ses petits-fils. Parfois Jim et Belle lui laissent entendre qu'il en a toujours été ainsi, la ceinture en plus. Cette ceinture, Agathe met du temps à la visualiser. Cette ceinture qui avait caressé d'un peu trop près les côtes de son père et de son oncle lorsqu'ils se battaient, lorsqu'ils manquaient de respect à leur mère, mais qui le plus souvent claquait dans l'air pour les faire obéir. Qu'attendre d'autre d'un homme élevé au martinet, envoyé dès la vingtaine torturer les Algériens, massacrer les rebelles, que se taire pendant des décennies ? Malgré ou à cause des ombres du passé, son grand-père, surnommé Droma par ses hommes dans le désert de Djibouti, passait de longues heures devant son poste de télévision, zappant sur les chaînes d'information continue traitant des massacres en Syrie, en Ukraine, à Gaza, en passant sous silence d'autres en Chine, en Érythrée ou en Afghanistan, les commentant de diatribes coléreuses et sans public. Préférant plus que tout basculer sur un match de rugby, affrontement à la loyale entre jeunes hommes virils et en pleine possession de leurs moyens. C'était cela qu'il avait donné comme modèle à ses garçons, l'image d'un militaire taiseux et grognon en apparence, prônant le sacrifice et l'épreuve physique, la discrétion et la douceur avec les femmes. Parfois tenté par un retour de l'autorité au plus haut de l'État, il n'était peut-être pas pour rien dans le scrutin qui avait amené le Rassemblement national au pouvoir, mais il s'en défendait, arguant que la France avait besoin d'une purge avant de renaître, purifiée par les épreuves. Dans son esprit, cela voulait probablement dire purifiée par une guerre; une guerre qui aurait rendu leur virilité et leur droiture aux jeunes hommes du pays.

Et tandis que Jim prononçait son discours d'adieu, dans cette église du Vauclin où nous transpirions tous dans nos vêtements de deuil, je mesurais comme tu avais tenté d'approcher son idéal par le biais de l'automobile, rituel de vitesse et d'émulation virile avant tout, précédé par de longues heures de mécanique et de collaboration amicale, penché au-dessus des moteurs avec tes copains. Le danger de l'accident s'étant substitué à celui de la guerre, l'agressivité transformée pour coincer le concurrent et le forcer à se laisser dépasser en freinant plus tard que lui, au risque du choc fatal.

Mais tu n'es pas mort sur un circuit comme Ayrton Senna.

Est-ce que ton accident, dans les dixièmes de seconde qui se sont lentement écoulés dans ton esprit, n'était pas un mélange de honte de n'être pas en compétition, et de satisfaction de laisser la vie dans un moment finalement proche de cette belle mort, cette mort héroïque, à laquelle tu avais été préparé par ton père ?

Et ma conviction, en jetant une fleur au pied de cette urne qui a fait le voyage en avion entre Agathe et moi, c'est que ce n'est pas de cette virilité qu'elle veut, bien que tu sois son modèle masculin.

Sur la plage des Salines, là où je l'ai emmenée prendre son premier bain de mer, il y a trente ans, je plonge mon petit-fils à son tour dans le canal de Sainte-Lucie. Au loin, l'île jumelle apparaît entre deux nuages bas. L'île qui vous englobe dans sa même paternité, l'île de l'arrière-grand-père d'Agathe, lui que tu admirais pour son élégance et sa préciosité, lui qui malgré les chaleurs de l'été tropical ne sortait jamais autrement qu'à l'anglaise, ganté et cravaté.

Mon petit-fils dort maintenant aux côtés d'Agathe, épuisé d'eau fraîche et de soleil, à l'ombre des arbres, tandis que je promène la main dans sa chevelure déjà crépue. Je souffle, c'est ton portrait, et je souris face à l'océan et à ses ondes larges venues d'Afrique. Notre petit-fils, l'arrière-petit-fils de sa mère martiniquaise, a rompu le passe blanc, juste pour ne plus passer inaperçu, juste pour nous obliger à des choix cohérents. Effacée, la honte de ma famille s'est muée en fierté. C'est décidé, Agathe s'installe ici, et j'ai prévu de la rejoindre aussi souvent que mes finances me le permettront, pour voir grandir notre descendant aux cheveux d'or fin, petit chabin aux traits ronds et déjà plus bronzé qu'elle. C'est décidé, elle ne veut pas que son fils grandisse dans la suspicion et les messes basses. Elle ne veut pas qu'il ait à se justifier d'avoir oublié sa carte de transport plus qu'un autre. Qu'il se voie interdire l'accès aux lieux où l'on s'amuse.

Demain, nous irons au Vauclin déposer ton urne à côté de celle de tes parents, et je respirerai mieux. Ici, loin de la mer des Caraïbes, sous l'influence océanique, face au Cap-Vert et aux pluies qui ne l'ont pas arrosé, nous poserons nos mains sur elle avant de la confier au prêtre qui la bénira, et nous jetterons toutes deux les branches de bruyère rapportées de Bretagne pour toi.

Pour que tu reposes en paix. Pour que je vive sans me poser plus de questions sur ta mort. Sur ta honte de nous avoir abandonnées. Sur notre honte de n'avoir pas été des époux parfaits. Sur ma honte de ne pas avoir su voir ton mal-être. Et vivre enfin pour les vivants.

Cet ouvrage
a été mis en pages par In Folio
reproduit et achevé d'imprimer
en février 2025
dans les ateliers de Normandie Roto Impression s.a.s.
61250 Lonrai
N° d'imprimeur : 2405041

Imprimé en France

Dépôt légal : mars 2025